Andreas Benda (Hrsg.)

Noch die kleinste Pfütze spiegelt den Himmel

Kurzgeschichten

BRUNNEN VERLAG GIESSEN/BASEL

ABCteam

ABCteam-Bücher erscheinen in folgenden Verlagen:
Aussaat- und Schriftenmissions-Verlag
Neukirchen-Vluyn
R. Brockhaus Verlag Wuppertal
Brunnen Verlag Gießen
Christliches Verlagshaus Stuttgart
Oncken Verlag Wuppertal

CIP-Kurztitelaufnahme der Deutschen Bibliothek

Noch die kleinste Pfütze spiegelt den Himmel:
Kurzgeschichten/Andreas Benda (Hrsg.)
2. Aufl. – Giessen; Basel: Brunnen-Verlag, 1986
(ABC-Team; 3263)
ISBN 3-7655-3263-0
NE: Benda, Andreas [Hrsg.]; GT

1. Auflage Februar 1986
2. Auflage August 1986

Umschlagfoto: Fotokunst-Verlag Groh, Wörthsee
Umschlaggestaltung: Martin Künkler
Satz: Jung EDV + Werksatz, Lahnau
Herstellung: Ebner Ulm

Inhalt

Noch die kleinste Pfütze spiegelt den Himmel

Menschen aus dem gesamten deutschsprachigen Raum erzählen, was sie mit Gott im Alltag erlebt haben.

Man begegnet dem Buchhalter am letzten Arbeitstag im Betrieb ebenso wie der Mutter und Hausfrau bei der Kindererziehung oder dem Kommunalpolitiker, der sich für einen sauberen Wahlkampf einsetzt.

So vielfältig und abwechslungsreich das Leben sein kann, so vielgestaltig, verschiedenartig und so hilfreich sind die hier niedergeschriebenen Erfahrungen mit Gott. Sie sind ergreifend und spannend, lustig und melancholisch, aber immer ehrlich und aufrichtig. Einige sind so persönlich gehalten, daß es ratsam erschien, den vollen Namen des Autors nicht zu nennen. Gemeinsam ist auch die Erfahrung, daß es selbst im Alltag möglich ist – und vielleicht nur dort –, ein Stück Himmel auf Erden sichtbar zu machen.

Ein Kurzgeschichtenband mit einer Auswahl der besten Einsendungen zum ersten Brunnen-Wettbewerb für Nachwuchsautoren.

Andreas Benda

Otto Holzinger

Die Kaffeetasse

Der letzte Arbeitstag im Betrieb

Das war es nun also! War es das? War das wirklich alles? Müde lehnt er sich in seinem Bürostuhl zurück und schaut sich in dem Raum um. Er ist allein. Endlich, denkt er.

Wehmütig blickt er auf den großen Präsentkorb, der auf dem Schreibtisch steht. Gespart hatten sie nicht, das muß er zugeben. Er kann sich genau vorstellen, wie der dicke Schmitt mit seiner Sammelliste durch den Betrieb gelaufen ist. Solche Dinge erledigt immer der dicke Schmitt. Er ist im Betriebsrat und immer unterwegs, wenn es etwas Besonderes gibt: Geburtstage, Jubiläen, Geburten und – Pensionierungen.

Sein Blick schweift weiter durch den Raum. Vor zwei Jahren ist er renoviert und neu eingerichtet worden. Sachlich und funktional, so nannte es der Innenarchitekt. Kalt, steril, ja fast menschenfeindlich kam es ihm am Anfang vor, aber inzwischen hat er sich daran gewöhnt.

Trotzdem dachte er in den vergangenen zwei Jahren oft melancholisch an das alte Büro mit den Holzschreibtischen, dem alten Holzfußboden und den hölzernen Rollschränken, in dem er vor nun siebenundzwanzig Jahren seinen Dienst als junger Lohnbuchhalter angetreten hatte.

Siebenundzwanzig Jahre, so schnell sind die vergangen, und doch kam es ihm wie eine Ewigkeit vor.

Damals hatte er noch Pläne und Ziele. „Abteilungsleiter können Sie werden", sagte man ihm, „wenn unser Herr Pauly pensioniert wird."

Zehn Jahre später hatte er wirklich die Leitung der Lohnbuchhaltung übernommen und war Chef von zwölf Mitarbeitern geworden.

Nach sechs weiteren Jahren beschloß die Betriebsleitung, die Lohnabrechnung einem Datenverarbeitungsunternehmen zu übertragen, und seine Abteilung schrumpfte auf drei Mitarbeiter zusammen. Dabei ist es dann geblieben, bis heute. Tag für Tag, Monat für Monat, Jahr für Jahr die gleiche Arbeit, die gleichen stupiden Vorgänge, und langsam waren seine Pläne und Ziele gestorben.

Und nun das Ende. War das alles?

Gewaltsam reißt er sich aus seinen Gedanken, steht auf und geht langsam zum Wandschrank, in dem er seine persönlichen Gegenstände aufbewahrt. Mechanisch öffnet er die Tür, wie er es schon unzählige Male getan hat, und beginnt seine letzten Habseligkeiten zu verpacken, um sie mit nach Hause zu nehmen.

Als er seine Kaffeetasse in die Hand nimmt, gleitet ein Lächeln über sein Gesicht. Schön ist sie nicht, aber selten. Und alt. Sie ist ein Stück seiner selbst. Liebevoll hält er die Tasse ins Licht, und aus den Resten eines einstmals goldenen Aufdrucks kann man mühsam entziffern: SONNTAGSSCHULE 1930.

Mit zehn Jahren bekam er diese Tasse als Geschenk seiner Sonntagsschule. Irgendwann hat er sie dann mit in die Firma genommen und seitdem an jedem Arbeitstag seinen Kaffee daraus getrunken.

Am Anfang wurde er wegen seiner Sonntagsschultasse belächelt und manchmal auch gehänselt. Aber das legte sich. Täglich trinkt er seinen Kaffee aus der Tasse, und niemand schenkt ihr mehr besondere Beachtung.

Und doch, sonderbar, immer wieder ist sie zum Anknüpfungspunkt von Gesprächen geworden.

„Glauben Sie noch daran?" – „Früher hab' ich auch mal geglaubt!" So oder so ähnlich begannen die Gespräche meistens.

Er entwickelte langsam ein Gespür dafür, wann jemand Hilfe sucht, Antworten erwartet.

„Ja, ich glaube an Christus!" Oft redete er so von seinem Glauben. Manche hat er damit verblüfft und nachdenklich gemacht. Manche machten sich darüber lustig. Einige wenige gaben ihrem Leben eine neue Ausrichtung.

Mancher, der mit seiner Lohnabrechnung bei ihm erschien, um sich etwas erklären zu lassen, kam in Wahrheit, um sich Rat, Trost und Zuspruch zu holen.

Er ist, ohne es selbst zu bemerken, über die Jahre hinweg so etwas wie ein Betriebsseelsorger geworden. Er hat das Vertrauen seiner Mitarbeiter gewonnen; sie wissen, daß er zuhören kann.

Und schweigen kann er auch, das wissen sie ebensogut.

Während er so dasteht, die Tasse in der Hand, verschwindet die Gegenwart für ihn.

Gesichter tauchen auf. Einige hatte er längst vergessen, jetzt sind sie plötzlich wieder da. Es sind freudige Gesichter, besorgte Gesichter, verzweifelte Gesichter, hoffnungsvolle Gesichter, fragende Gesichter – alles Gesichter von Menschen, die ihm in seiner langen Berufstätigkeit begegnet sind und die er auf einem Stück ihres Lebens mit seinem Glauben begleiten durfte. Viele kleine und große Sorgen hat er mit ihnen geteilt und manchem von ihnen helfen können.

Es scheint, als seien alle gekommen, um sich von ihm zu verabschieden.

Das war es also – so durchfährt es ihn, und plötzlich versteht er es!

Wie hatte der dicke Schmitt in seiner Abschiedsrede gesagt: „Er war die Seele unseres Betriebes. Es wird nicht schwerfallen, Ersatz für seine dienstlichen Funktionen zu finden, aber den Geist und das Klima, das er um sich verbreitete, werden wir schmerzlich vermissen."

War das alles? Ja, das war alles, und es war reichlich! Der Herr hat ihn gebraucht für die Arbeit an Menschen, die er ihm in den Weg stellte. Und er hat sich gebrauchen lassen, ohne groß darüber nachzudenken.

„Danke, Herr", murmelt er leise vor sich hin, „hab' ganz herzlichen Dank für alles."

Behutsam packt er seine Tasse in die Aktentasche und greift ein letztes Mal zum Telefon, um den Pförtner zu bitten, ihm beim Beladen seines Autos behilflich zu sein.

Evelyn Hasenfuß

Ein schöner Tag!

Drei kleine Kinder halten ihre Mutter in Trab

Die letzten Reste eines gemütlichen Frühstücks mit der Familie verschwinden soeben in Kühlschrank und Spülmaschine. Das Buch mit den Kinderandachten nimmt bis morgen wieder seinen Platz auf dem Eßzimmerschrank ein. Am liebsten würde ich die Geborgenheit des Zusammenseins noch ein wenig festhalten, bevor die Anforderungen des Tages beginnen.

Ich habe nach langer Zeit wieder Bohnenkaffee getrunken, obwohl ich weiß, daß ich ihn nicht vertrage. So summt bald mein Inneres wie ein aufgescheuchter Bienenschwarm. Beim Metzger lasse ich vor Aufregung die Wurst liegen. Soeben bin ich wieder zu Hause angelangt, da erfreut mich eine Nachbarin am Telefon mit der Nachricht: „Ihr jüngster Sohn wälzt sich vor unserem Haus gerade in einer großen Pfütze!"

Sein älterer Bruder sieht nach einer mißlungenen Rettungsaktion nicht viel besser aus als der zweijährige Schwimmkünstler. Was soll's – ich habe heute sowieso Waschtag.

Eliane ist unser Baby. Sie bekommt gerade ihren zweiten Zahn und schreit so lange, bis sie müde genug ist, um wieder ins Bett gebracht zu werden. Einer warnenden Unruhe folgend, schaue ich dann im Kinderzimmer nach Daniel. Er sitzt im Fenster, das ich zu schließen vergessen hatte, und blickt ein Stockwerk tief in den Hof.

„Danke für den Schutzengel, lieber Herr; und verzeih mir bitte!"

Nun aber schnell das Mittagessen auf den Herd! – Allen schmeckt es; besonders die Kinder sind von den Bratkartoffeln begeistert, die ich zu lange gebraten und zu stark gesalzen habe. „Die schmecken wie Kartoffel-Chips!" lobt der fünfjährige Benjamin.

Als in der Mittagspause alle schlafen, würde ich mich eigentlich auch gern ein wenig hinlegen. Aber das Fallobst sollte dringend verarbeitet werden. Außerdem muß ich vorher schnell die Wäsche in den Garten hängen, wenn sie heute noch trocken werden soll.

Am Nachmittag backe ich von dem geschälten Obst zwei Kuchen. Meine Kinder sorgen dabei für eine aufgelockerte Arbeitsatmosphäre: „Mama, kannst du nicht mal mit uns tanzen? Wir haben eine schöne Musikkassette aufgelegt."

„Nein, ich muß jetzt... also gut!" So, jetzt aber schnell die Kuchen in den Ofen.

Es wird schon dämmrig, und die abendliche Herbstluft wird mir bald meine trockene Wäsche wieder feucht machen. Da die Kinder friedlich die Kinderstunde im Fernsehen verfolgen, wage ich es, mich heimlich aus der Tür zu schleichen. Vergeblich – die Wäsche ist noch naß!

Sobald ich ins Haus zurückkehre, sagt mir eine innere Alarmstimme wieder, daß ich mich beeilen muß. Daniel kommt mir auf der Treppe mit meinem margarineverschmierten Backpinsel entgegen.

„Dani saubermachen!" verkündet er stolz und zeigt mir die Stellen, an denen er unser frisch renoviertes Treppenhaus mit Fett gestrichen hat – wie der Papa mit der Farbe. Wir werden es wohl noch einmal streichen müssen. Ich bin den Tränen nahe.

Das ist ja ein „schöner" Tag! Kann eigentlich so viel in ein paar Stunden geschehen? – In der Küche hat Daniel alle vier Kochplatten unseres Elektroherdes eingeschaltet. Nun bekommt er ein paar kräftige Klapse auf die Finger.

Dann lotse ich alle ins Kinderzimmer. Wie heißt es in einem Gedicht: „Die Kinderstube in dem Haus sah oftmals wie ein Schlachtfeld aus."

Nun, wir haben ja noch eine Viertelstunde Zeit, um diesen wenig poetischen Zustand zu beenden. Ziemlich nervös verlange ich von Benjamin, der mit Bauklötzen wirft: „Benimm du dich wenigstens ordentlich! Was dein Bruder da angestellt hat, reicht gerade."

„Ich bin aber doch nicht mein Bruder!" kommt der prompte Appell an meinen Gerechtigkeitssinn zurück. Stimmt, er ist nicht sein Bruder – und außerdem noch ein kleiner Junge.

Plötzlich riecht es nach verbranntem Teig. Nach einem bemerkenswerten Spurt in die Küche rette ich zwei angekohlte Kuchen vor dem völligen Verbrennen. Wieso war mir nur nicht der Gedanke gekommen, daß Daniel auch den Backofen auf die Höchststufe geschaltet haben könnte?!

Im richtigen Augenblick kommt mein Mann zur Türe herein. Ich schiebe ihn zum Kinderzimmer und schaffe es gerade noch zu sagen: „Ich muß jetzt erst mal ins Gästezimmer gehen, um zu beten."

„Lieber Herr Jesus, eigentlich wollte ich ja nachher den anderen nicht mit verweinten Augen begegnen. Aber jetzt heule ich doch. Du hast angeboten: ‚Schütte dein Herz vor mir aus!' Im Moment ist da nicht viel anderes drin als Traurigkeit."

Mir fällt ein, daß ich ausnahmsweise heute morgen nicht um sechs Uhr aufgestanden bin, um in der Bibel zu lesen. Ich hatte Benjamin nicht wecken wollen, der irgendwann gegen Morgen zu mir ins Bett gekrochen war. Aber Gott hört auch die im Halbschlaf vor ihn gebrachten Gebete! Nein, dies konnte nicht der Grund sein für all das, was heute geschehen war. „Wenn wir untreu sind, so ist er doch treu“, heißt es in der Bibel.

„Lieber Herr, bitte ordne meine Gedanken wieder, damit ich das alles so sehen kann, wie du es siehst! Laß mich meiner Aufgabe wieder gewachsen sein!“

Im Flur nimmt mich mein Mann in die Arme und tröstet mich. Außerdem kuschelt sich Daniel, der Schlingel, an meine Hand und versucht, mit seiner ungeübten Kindersprache hervorzubringen: „Mama, alles wieder gut?“

„Ja, alles wieder gut!“

Weil der Nachmittag längst vorüber ist, gibt es heute zum Abendessen warmen Apfelkuchen mit Schlagsahne. Das seltsame Menü scheint niemanden zu stören – und Puderzucker ist gut für schwarze Kuchenränder.

Am späten Abend stehe ich in der Waschküche und hänge meine nasse Wäsche zum zweitenmal auf. Mein Mann hat die Kinder ins Bett gebracht, und so habe ich nun Zeit, über diesen Tag nachzudenken. War es ein scheußlicher Tag, einer von denen, die man am liebsten vergessen würde, ehe sie vorüber sind? „Nein, mein Gott, ich wußte den ganzen Tag über, daß du bei mir warst – auch als ich die Nerven verlor. Darum hat sich dieser Tag gelohnt. Danke! Es war ein anstrengender, aber schöner Tag.“

Renate Bäzner

Lebenssuche

Eine junge Frau sucht ihr Glück

Alltag. Die Dinge laufen weiter wie gewohnt. Alltag. Alles geht seinen gewohnten Gang.

Genau an solch einem Alltag verließ ich eines Morgens im Oktober Deutschland mit dem Flugzeug.

Es war einfach nicht mehr möglich für meine Mutter und mich, eine Unterhaltung zu führen. Es herrschte Schweigen. Schweigen am Morgen und Schweigen am Abend, wenn ich von der Arbeit kam.

Ich war 19 Jahre alt. Jeden Abend und jedes Wochenende war ich bis spät in die Nacht hinein unterwegs. Menschen um mich haben, herumreisen, das war mein Leben. So entstand diese tiefe Kluft zwischen meiner Mutter und mir.

Ich wollte nur eines – Freiheit. Und die nahm ich mir auch bald. Eines Abends schrieb ich meiner Mutter einen Brief: „Ich bin ausgezogen."

Jetzt war ich frei. Ich zog in eine Wohngemeinschaft, führte ein Jahr lang eine wilde Ehe, versuchte im Beruf hochzukommen und erlebte doch nur Tiefschläge. Tiefschläge, die mich aber stark machten.

Als Mensch kann man sehr viel ertragen. Nur nicht unterkriegen lassen. Die Menschen sind zwar alle nett und liebenswert, auch die weniger liebenswerten, aber auf sie zu vertrauen, ist sinnlos. Das war meine Erfahrung.

Der bevorstehende sechste Wohnungswechsel innerhalb von zwei Jahren war der letzte Auslöser meiner Reise. Ich wollte nicht schon wieder von vorne beginnen. Darum sagte ich mir: „Nein, ich will die Situation positiv nutzen. Warum nicht einen langersehnten Wunsch erfüllen? In einem anderen Land das „mehr“ suchen, das ich bisher noch nicht gefunden habe?“

Ich fühlte mich stark genug.

So saß ich nun im Flugzeug, außer einem Reiseführer und einem kleinen Buch – ein Geschenk meiner Mutter – hatte ich nur das Notdürftigste dabei.

So saß ich nun 10 000 m über dem Boden, flog Richtung Kalifornien.

Viva Mexico

Einige Zeit verbrachte ich in Kalifornien, bis es mich nach Mexiko zog. Mein Plan war, zuerst Spanisch zu lernen und einige Monate dort zu leben. Doch die Realität sah anders aus.

Am dritten Tag in Mexico-City brach ich mir bei einem Autounfall das Schlüsselbein. Somit war ich für gut einen Monat „kampfunfähig“.

Kurze Zeit später lernte ich Sergio kennen. Nein, gesucht hatte ich nicht nach einer Freundschaft, denn ich wußte, daß ich es alleine schaffe. Und doch ergab es sich so. Ich hatte ja Zeit und nichts zu verlieren, nur zu finden.

So zog ich in seine Wohnung, die in der Nähe der Stadtmitte lag.

Es folgten Tage und Wochen, die mir unglaublich schienen. Alles war interessant und schön – auch in der Freundschaft mit Sergio. Leben in Mexiko, nichts zog mich nach Deutschland, trotz meiner Bekannten, Freunde und der Familie.

Doch nach mehreren Wochen stellte ich fest, daß mein Vertrauen ausgenutzt wurde. Ich entschloß mich, Sergio zu verlassen, da ich keine Probleme wollte.

Aber Sergio ließ mich nicht fort. Versuchte ich, die Wohnung zu verlassen, wurde ich zurückgehalten und sogar noch geschlagen, dann eingeschlossen und auf später vertröstet.

So vergingen Tage hinter verschlossener Tür, bis ich den Entschluß faßte, während Sergios Abwesenheit aus der Wohnung im dritten Stock zu klettern. Ich war doch ein freier Mensch. Meine Freiheit durfte mir doch keiner nehmen.

Also bereitete ich den Ausbruchversuch vor. Doch gerade in diesem Augenblick kam Sergio zurück. Er verstand sofort, und nun war es aus. Ich wurde geschlagen und bedroht.

Nun wußte ich endgültig: Ich bin gefangen, gefangen als freier Mensch.

In dieser Zeit nahm ich öfter das kleine Buch zur Hand, das mir meine Mutter geschenkt hatte: „An jedem Tag Wahrheit", ein kleiner Bildband mit vielen Bibelversen.

Auf einer Seite las ich: „Wenn ihr nicht umkehrt und werdet wie die Kinder, so könnt ihr nicht ins Himmelreich kommen."

Und immer wieder schaute ich in einen Brief, den ich aus Deutschland bekommen hatte: „Wenn alle Wege verstellt sind, so bleibt nur der Weg nach oben."

Über all das Gelesene dachte ich viel nach. Immer mehr verstand ich von Gott, Jesus Christus und den Menschen. Mein ganzes vergangenes Leben stand vor meinen Augen.

Wie mußte ich Gott wehgetan haben mit dem Leben, das ich geführt hatte. Ich hätte verzweifeln können, denn allmählich begriff ich Gottes Liebe, sein Angebot der Vergebung. Nun verstand ich auch die anderen Bibelverse, die in meinem kleinen Büchlein standen: „Wasche mich rein von meiner Sünde, denn ich selber kenne mein Vergehen, und meine Sünde steht mir immerdar vor Augen."

Und auch: „Schaffe in mir, o Gott, ein reines Herz, und gib mir einen neuen, gewissen Geist." Dies wurde mein Gebet in dieser aussichtslosen Zeit. Ein neues Herz und einen neuen, gewissen Geist!

In Todesgefahr

Und eines Tages oder vielmehr eines Nachts geschah dann, was ich befürchtet hatte. Nach vielen Schlägen, die ich mit einem betenden, flehenden Herzen ruhig überstehen konnte, schrie Sergio mich an: „Jetzt bringe ich dich um!"

Das Messer lag eine Stunde an meinem Hals. Wieder betete ich im stillen zu Gott. Mein Leben war ein Nichts, und trotzdem wußte ich in diesem Augenblick: Wenn ich sterbe, bin ich bei Jesus. Ich lag auf dem Boden und wußte es: Jesus lebt! Er lebt wirklich, ohne Zweifel!

Erst einige Stunden später wurde mir deutlich: Gott hat mich diesmal bewahrt.

Doch der Alltag ging weiter, und ich saß nun schon wochenlang hinter verschlossenen Türen, ohne daß es jemand wußte. Eingesperrt in eine Wohnung – ausgeliefert zum Sterben?

Tag für Tag, Nacht für Nacht, Stunde für Stunde, Minute für Minute Angst. Ich kannte weder Tag noch Stunde, unterschied nur noch hell und dunkel. Aber ich wußte: Wenn es einen Ausweg gibt, dann kann ihn nur Gott schaffen. Und das bedeutete für mich: Glauben, vertrauen und wissen, ja sagen auch zu unverständlichen Situationen und keine eigenen Wunschgedanken aufkommen lassen.

Immer wieder kamen Situationen, die schrecklich waren. Doch der Vers aus Galater 2,20: „Ich lebe, aber nicht mehr ich, sondern Christus lebt in mir", hat mir sehr, sehr oft Mut gemacht. Dieses Wort ist Wahrheit, ich konnte es erleben.

Gefunden

Plötzlich und unerwartet ließ mich Sergio frei. Ich flog zurück nach Deutschland.

Dreieinhalb Monate dem Tode nahe – aber ich darf leben, weil Jesus mir Leben geschenkt hat, ein Leben, das Sinn hat.

Leben, wo mein ganzes Vertrauen nie enttäuscht wird.

Leben, das auch in ausweglosen Situationen einen Weg findet.

Leben, das ein Ziel hat.

Ich war auf der Suche nach „mehr", aber etwas so Großes, so Gewaltiges wie das Leben durch Jesus Christus hatte ich mir nie träumen lassen.

Er hat mein Leben verändert.

Paulgeorg Juhl

Ein feiner Wahlkampf

Ein Arzt zieht seine Konsequenzen aus dem Verhalten der Kandidaten für die Wahl zum Oberbürgermeister

Eigentlich ist es mir ganz recht so", denkt er und legt den Telefonhörer auf die Gabel zurück. Dennoch spürt er einen Hauch Wehmut. Und wundert sich doch zugleich über seine Gefühle. Hat es sich dann überhaupt gelohnt? Weshalb hat er das alles auf sich genommen, wenn er am Ende doch froh ist, daß es nicht geklappt hat? Seltsam.

Er lehnt sich langsam in seinen Sessel zurück und spielt gedankenverloren mit einem Kugelschreiber. Vier Monate lang hat er fast jede freie Minute in diesen Tag investiert. Und wenn er ehrlich gegen sich selbst ist: Eigentlich ist es mehr Zeit gewesen, als er wirklich frei gehabt hat. Sogar seine Arbeit hat darunter gelitten. Nun – er kann es sich leisten. Wenn die Praxis mal ein paar Monate nicht ganz so läuft, ist das nicht gleich ein Beinbruch.

Ist es das wert gewesen? Und doch ist es ihm jetzt ganz recht, daß nichts daraus geworden ist. Gerade, als ihm der Wahlleiter das vorläufige Ergebnis mitgeteilt hat, ist ihm irgendwie leicht ums Herz geworden.

Wirklich seltsam.

Dr. Andreas Wolpert dreht seinen Sessel zur Seite und steht auf. Mit wenigen Schritten ist er am Wandschrank, in dem sich ein Waschbecken befindet. Er füllt ein Glas Wasser und trinkt es in kleinen Schlukken leer. Dabei schaut er unwillkürlich sein Spiegelbild an – die ergrauten Haare, die Ringe unter den Augen. Er ist müde; und so sieht er auch aus.

Vier Monate liegen nun hinter ihm; vier Monate, die sehr viel Zeit und Kraft, vor allem seelische Kraft gekostet haben. Vier Monate! Er erinnert sich an jenen 27. Mai, an dem alles begonnen hat, als wäre es gestern gewesen. Auch damals war er allein in seiner Praxis. Er kam morgens immer schon sehr früh – mindestens eine halbe Stunde vor seinen Angestellten. Da hatte er Zeit, in aller Ruhe den Tag beginnen zu lassen und noch seine Zeitung zu lesen. Damals hatte der Wahlkampf gerade begonnen.

Zwei der bisherigen Stadträte bewarben sich um das Amt des OB, nachdem der bisherige Oberbürgermeister in den wohlverdienten Ruhestand gegangen war. Auf die ganz feine Art begannen sie ihren Wahlkampf. Die Zeitung, die er an jenem Morgen las, brachte ausführliche Berichte über die ersten Wahlveranstaltungen der beiden Kandidaten. Die beiden versuchten sich offenbar gegenseitig darin zu übertreffen, die schmutzige Wäsche des anderen in aller Öffentlichkeit zu waschen. Dr. Obermann – der Baustadtrat – hatte sich anscheinend hart am Rande der Legalität ein Baugrundstück beschafft, wie sein Kollege und Gegner genüßlich ausbreitete. Und der Stadtkämmerer Henninger lebte offensichtlich, wie der Baustadtrat wohl hatte anklingen lassen, mit seiner Sekretärin zusammen, obwohl er noch immer nicht von seiner Frau geschieden war.

„Feine Kandidaten", dachte er. Er kannte sie ja beide aus seiner Praxis. Und – fast ein Hohn – beide waren wie er selbst im Kirchengemeinderat ihrer Christusgemeinde.

Wirklich feine Kandidaten. Aber daß man das alles so ausbreiten, in den Fehlern des Gegners so herumsuhlen mußte?! Er kannte die beiden gut genug, um zu wissen, daß sie das nicht lange durchhalten würden. Ihre Nerven waren schon durch ihren normalen Berufsalltag so strapaziert, daß beide immer wieder Schlaf- und Beruhigungsmittel brauchten. Und jetzt das!

Und er – das sah er schon kommen – durfte die beiden dann wieder hochpäppeln oder wie neulich nachts bei Obermann die Notbremse ziehen, um einen Zusammenbruch zu verhindern.

Auch deren Arbeit im Kirchengemeinderat würde man wohl auf ihn abschieben – er „habe ja Zeit", wie alle beteuerten, seit seine Frau vor knapp einem Jahr gestorben war.

Kalter Ärger stieg in ihm hoch. Und obwohl er sich bemühte: Den ganzen Tag rumorte dieser Ärger so in ihm, daß er sich seinen Patienten nicht so widmen konnte, wie er das eigentlich wollte. Wie ansteckend es doch ist, wenn Leute auf diese Art miteinander umgehen! Daß jetzt sogar seine Patienten unter dem häßlichen Wahlkampfstil leiden mußten, bloß weil der ihn so ärgerte und er sich nicht genügend in der Hand hatte!

Am Abend jenes 27. Mai stand sein Entschluß fest. Irgendwann im Laufe des Tages, zwischen Rezepteausstellen und Pulsfühlen, war ihm diese Idee gekommen. Er würde selbst kandidieren. Und den anderen zeigen, daß man so etwas machen kann, auch ohne über die anderen Kandidaten und deren wirkliche oder vermeintliche Fehler herzuziehen.

Zuerst hatte es viel Aufregung gegeben. Die örtliche Zeitung brachte bald ein Interview. Und auch auf den Wahlversammlungen mußte er immer und immer wieder erklären, warum er eigentlich kandidierte. Kaum einer wollte es ihm glauben: daß er bloß kandidierte, um zu zeigen, daß man auch im Wahlkampf anständig miteinander umgehen kann. Das Wort „christlich" hatte er sich meist verkniffen. Aber die Zeitung hatte ja bald genug alle mit der Nase darauf gestoßen: daß alle drei Kandidaten gemeinsam im Kirchengemeinderat saßen.

Richtig naiv war er am Anfang gewesen. Nicht, daß er mit einem Sieg gerechnet hätte. Aber er hatte gehofft, durch sein Auftreten auch seine Mitkandidaten, Gegner – ja nicht zuletzt „Brüder" (?) – auf einen anderen Stil einzuschwören.

Niemals hatte er erwartet, was dann kam: Seine „Gegner" (und auch einige Kollegen) warfen ihm vor, auf unkonventionelle Weise für seine Praxis werben zu wollen. Und einer hatte gesagt, er bräuchte jetzt wohl eine Beschäftigungstherapie, nachdem seine Frau gestorben wäre.

Daß Menschen, die er doch so gut kannte, so häßlich sein konnten!? Er hatte viel zu schlucken in jenen Tagen. Würgen mußte er an manchem Brocken. Und so manche Nacht war sein Kopfkissen naß gewesen von Tränen der Enttäuschung, der Wut, der Verletztheit.

Selbst in seiner Kirchengemeinde fühlte er sich isoliert. „Saubermann" nannte man ihn dort. Das tat weh. Er war ganz gewiß kein Moralapostel oder Pharisäer. Geschweige denn ein „Saubermann". Dazu waren ihm seine eigenen Unzulänglichkeiten viel zu sehr bewußt. Aber irgendwo mußte doch eine Grenze sein. Es mußte doch deutlich werden, wie Mitglieder einer Gemeinde miteinander umgehen können – und wie nicht. Nun – da hatte er sich keine schöne Sache eingebrockt. Das war kein leichter Spaziergang gewesen – mal ganz abgesehen von der vielen Zeit, die dabei draufgegangen war.

Aber er hatte nicht aufgegeben – sooft ihm auch dieser Gedanke gekommen war. Und er hatte es geschafft, trotz allem den Kopf oben zu behalten und seiner Absicht treu zu bleiben. Er beteiligte sich nicht an dem üblichen Wahlkampfstil – auch als die beiden nicht mehr in seine Praxis kamen und auch wenn sie ihn nun so kühl behandelten, als hätte er ihnen etwas angetan. Aber so viel runterzuschlucken – das war schon schwer. Jetzt schlug es ihm selbst auf den Magen, wo er doch befürchtet hatte, daß seine ehemaligen Patienten bald auf der Nase liegen würden. Ein feiner Wahlkampf war das.

Andererseits: Nachdem er zwei Monate durchgehalten hatte, schien man ihm langsam zu glauben. Langsam verstummten jene häßlichen Verdächtigungen gegen ihn. Und manche, ganz wenige allerdings, die anfangs auch in dieses Horn geblasen hatten, waren in aller Stille zu ihm gekommen und hatten sich ziemlich verlegen entschuldigt. Auch das mußte man sehen. Das waren schöne Augenblicke gewesen, die für so viel entschädigten. Wie Oasen in der Wüste.

Er hatte auch den Eindruck, daß die beiden anderen Kontrahenten nach dieser Zeit etwas freundlicher miteinander umgegangen waren. Nicht, daß sie plötzlich Freundschaft geschlossen hätten. Aber jene häßlichen Töne, die linken Seitenhiebe der ersten Wochen – die gab es immer weniger. War das sein Vorbild – oder waren das bloß Ermüdungserscheinungen?

Überrascht hatte ihn dann das Wahlergebnis vor zwei Wochen: 32 Prozent der Stimmen hatte er erhalten! Nie hätte er auch nur im Traum damit gerechnet!

Dr. Obermann lag mit 43 Prozent vorne, während der Stadtkämmerer weit abgeschlagen war. An der heutigen Stichwahl hatte Henninger nicht mehr teilgenommen.

Die letzten zwei Wochen waren natürlich noch einmal sehr hektisch gewesen. Aber auch da hielt sich die schrille Begleitmusik aus den ersten Wochen des

Wahlkampfs in Grenzen. Obermann hatte offensichtlich gewonnen. „Mindestens 55 Prozent", hatte der Wahlleiter am Telefon gesagt. Nun gut.

Andreas Wolpert stellt das Wasserglas wieder hin und schließt den Schrank. Ob es sich gelohnt hat? Auch als er wieder am Schreibtisch sitzt, weiß er noch keine Antwort. Aber ihm kommt es vor, als wäre ein Stein von seinem Herzen gewälzt. Und so müde er jetzt am Abend ist: Er schlägt doch eine der neuen Nummern des Ärzteblattes auf, die sich inzwischen aufgetürmt haben. Er muß viel nachholen.

Petra Grün*

Mein Vermieter

Eine alleinstehende Mutter mit sechs Kindern erfährt in der beständigen Auseinandersetzung mit ihrem Vermieter, wie Gott in kleinen Schritten Leben ändern kann

Das Leben als alleinstehende Mutter mit sechs Kindern ist nicht einfach. Es gibt viele Schwierigkeiten, die ohne den Schutz und die Hilfe eines Mannes schwer zu bewältigen sind.

Ich lebe mit meinen Kindern in der Parterrewohnung eines älteren Dreifamilienhauses. Jahrelang nutzte der Vermieter unsere Situation weidlich aus. Er wußte genau, daß es für eine kinderreiche Familie aussichtslos ist, eine einigermaßen erschwingliche Wohnung zu bekommen, und deshalb mußten wir manche Ungerechtigkeit hinnehmen. Einmal nahm er uns sogar eine Waschküche mit Trockenraum wieder weg, die wir gemietet hatten. Ohne schriftlichen Mietvertrag war es aussichtslos, sich dagegen zu wehren. Auf meinen schwachen Protest hin sagte er nur: „Wenn es Ihnen nicht paßt, können Sie ja gehen. Sehen Sie doch zu, ob Sie woanders eine Wohnung finden!"

Als er in unseren Abstellraum einfach eine Betonmischmaschine stellte, so daß unsere Fahrräder keinen Platz mehr hatten, waren wir auch nicht gerade begeistert.

Im Laufe der Jahre bekam ich panische Angst vor diesem Mann; mir wurde regelrecht übel, wenn er

* Name von der Redaktion geändert.

nur das Haus betrat, und ich begann, ihn zu hassen. Ich hielt mich selbst bis dahin für einen friedfertigen Menschen, und ich war erschrocken, als ich merkte, wie ich mir tagelang die fürchterlichsten Dinge ausdachte, die ich ihm antun könnte.

Ich erlebte, daß Haß wirklich krank macht und zerstört; in erster Linie den Menschen, der haßt, weniger sein Opfer, das davon ja meist nichts weiß.

Ich geriet in meinem Haß in eine tiefe Depression, fühlte mich gedemütigt, weil ich mich gegen die Ungerechtigkeiten nicht wehren konnte, und dachte sogar an Selbstmord.

In dieser Situation entdeckte ich einen Bibelvers:

„Liebet eure Feinde; segnet, die euch fluchen; tut wohl denen, die euch hassen; bittet für die, so euch beleidigen und verfolgen, auf daß ihr Kinder seid eures Vaters im Himmel."

Da wurde mir klar, daß sich jetzt erweisen mußte, ob es mir mit meinem Glauben und der Nachfolge Jesu wirklich ernst war oder ob alles nur Lippenbekenntnisse waren.

Darum wollte ich versuchen, im Gehorsam gegen Jesus meinen Gegner zu segnen, anstatt ihm weiterhin alles Schlechte zu wünschen. Ich wußte aber sehr genau, daß dieses Segnen aus tiefstem Herzen kommen mußte und nicht nur eine lästige Pflichtübung sein durfte. So bat ich Gott zunächst darum, mir zu zeigen, wie er diesen Mann sah und was er brauchte. Ich versuchte, mich in die Situation meines Vermieters zu versetzen, und erkannte, daß er ein sehr einsamer Mensch war. Von morgens bis abends damit beschäftigt, seinen Besitz zu erhalten und zu vermehren, hatte er weder einen freien Sonntag noch einen Feierabend. Mit seinem Sohn, der ihm helfen sollte, kam es deshalb häufig zu lautstarken und zuweilen sogar tätlichen Auseinandersetzungen. Mein Vermieter wurde von niemandem geliebt, sondern überall gefürchtet und heimlich auch verlacht und verspottet.

Auf einmal hatte ich Mitleid mit dem gefürchteten Mann. Ich bat Gott aus ganzem Herzen, er möge diesen Mann segnen, ihm Frieden, Freude und Erfüllung schenken und ihm seine Liebe deutlich machen.

Es wurde ein langes und intensives Gebet für einen Mann, den ich zuvor gehaßt hatte.

Diesem Gebet folgten später noch viele andere. Aber schon einen Tag später erlebte ich, daß es tatsächlich Veränderung bewirkte.

Mein achtzehnjähriger Sohn machte eine häßliche Bemerkung über diesen Mann. Zu meiner eigenen Überraschung tat mir das weh; ich wies meinen Sohn deshalb zurecht und bat ihn, nicht mehr in dieser Weise über unseren Vermieter zu reden.

Wenige Wochen nach diesem Vorfall hatte mein Vermieter wieder eine heftige Auseinandersetzung mit seinem Sohn. Anstatt wie sonst Schadenfreude zu empfinden, begann ich spontan, für den Frieden Gottes in dieser Familie zu beten.

Inzwischen sind zwei Jahre vergangen, und die verändernde Kraft des Segnens hat sich bewährt.

Das Verhältnis zu unserem Vermieter ist zwar immer noch nicht ausgesprochen herzlich, aber doch entspannt und freundlich. Wir grüßen uns, wenn wir uns begegnen, wechseln einige Worte miteinander, und von dem Haß der früheren Zeit ist nichts mehr übriggeblieben. Dafür bin ich Gott von Herzen dankbar.

Rolf Bielke

Als zu Weihnachten all die Brüder Hilfreich hilflos im Saal saßen

Eine ungewöhnliche Weihnachtsfeier

Alle Welt, die sich christlich nennt, hatte schon „Macht hoch die Tür, die Tor macht weit" gesungen. Die vorweihnachtliche Hektik erreichte langsam aber sicher den Siedepunkt. Für manche Zeitgenossen war das ein Grund zum Stöhnen, andere fühlten sich sichtlich wohl im Weihnachtstrubel; es würde ihnen etwas fehlen, wenn die Vorfreude und Geheimnistuerei nicht wären.

Heute hatte der Bischof alle seine bezahlten Christen zu einer Kirchenkonferenz gerufen. Und sie kamen, die Seelsorger und Würdenträger, die Kirchenbeamten, Sozialarbeiter und Schwestern, die Brüder Hilfreich, die Priester und Leviten. Die geistliche und diakonische Arbeit in den Gemeinden war getan.

Lange stand der Termin dieses weihnachtlichen Beisammenseins bei den Einzelnen schon fest. So lag auch kein unter die Räuber Gefallener mehr am Wege, um den sich Sozialarbeiter oder Diakone hätten kümmern müssen. Jeder saß nun bei Kerzenschein im Saal und wollte selbst auftanken für das kommende Christfest. Die Bleistifte waren gespitzt, um gute Gedanken aufzuschreiben, die man für die eigene Weihnachtsansprache verwenden könnte.

Bevor es im Saal zur Ruhe kam, hatte man dem Nachbarn vorgerechnet, daß man schon vier Adventsfeiern hinter sich habe: die für die Frauenhilfe, die für den Mütterkreis, eine im Kindergarten, und besonders schön sei es im Kindergottesdiensthelferkreis gewesen.

Der eigene Musikkreis des Fußvolkes Gottes spielte besinnliche Weisen von Corelli. Man saß mit übereinandergeschlagenen Beinen und war nun dran, sich auch mal bedienen zu lassen. Endlich eine Feier, in der man nicht gefordert wurde.

Vom Bischof wurde ein neuer Pfarrer vorgestellt. Damit man gleich den richtigen Eindruck bekam, sollte er die biblische Besinnung halten. Er tat es, sicher hatte er sich gut vorbereitet.

Der erste Eindruck war gut. „Aha, ein guter Rhetoriker", mag mancher gedacht haben. Geschickt fiel er nicht gleich mit der Kirche ins Haus, er begann nicht mit einem Bibelspruch. Eine bildhafte Geschichte leitete die Andacht ein. Die Geschichte von dem Esel, der auf Rosen geht. Sie spielte damals noch zur Königszeit im preußischen Halle.

Der König hatte sich zum Besuch angesagt, und die Hallenser hatten die Straßen, durch die der König kommen sollte, geschmückt. Es gab natürlich keine Palmzweige wie im Heiligen Lande, darum streute man Rosen auf den Weg. Das Volk wartete und wartete. Da kam aus der Ferne etwas heran, und als es näherrückte, da sahen alle, daß es ein Müller mit seinem Esel war. Dem Esel machte es nichts aus, auf Rosen zu laufen. Beim Volk gab es viel Gelächter. Der König jedoch war durch ein anderes Stadttor eingezogen.

Nun schlug der junge Pastor seine Bibel auf und verlas die Adventsverheißung aus Sacharja 9: „Du Tochter Zion, freue dich sehr, und du, Tochter Jerusalem, jauchze! Siehe, dein König kommt zu dir, ein Gerechter und ein Helfer, arm, und er reitet auf einem Esel, auf einem Füllen der Eselin."

Jetzt sollte die Auslegung beginnen, er rückte sein

Konzept auf dem Pult zurecht und wischte mit dem Taschentuch über die Stirn. Da öffnete sich ganz abrupt die Tür des Saales, und es erschien ein bärtiger Mann. O nein, es war kein Heiliger Nikolaus und kein Knecht Ruprecht. Man merkte, der Mann hatte Gleichgewichtsstörungen, er schwankte etwas. Unsicheren Schrittes trat er etwas in den Saal hinein, dann verharrte er, nahm seinen faltigen Hut ab, schwenkte ihn mit großer Gebärde und stellte lauthals fest: „Hier bin ich richtig."

Die Aufmerksamkeit aller Diener der Kirche wandte sich dem Fremdling zu. Der Geistliche setzte wieder zu seiner Rede an, wurde aber bestimmend unterbrochen mit den Worten: „Moment mal, gebt mir jeder zwanzig Pfennig, dann seid ihr mich wieder los."

Ein graduierter Sozialarbeiter neben mir, ein Fachmann der Nichtseßhaftenhilfe, flüsterte mir zu: „Das ist ja Benno, der Stadtstreicher, wie hat der sich denn hierherverirrt?"

Der junge Pastor wollte nun zu Wort kommen und seine Andacht halten. Mit deutlich gehobener Stimme versuchte er, sich durchzusetzen.

Der Bärtige verstummte kurz, dann schmunzelte er über die frommen Worte des Pastors, der gerade gesagt hatte, daß Jesus nicht als Machthaber mit Prunk und Pracht dieser Welt wiederkomme. Er zitierte den Propheten Sacharja:

„Er kommt unscheinbar wieder."

Benno hörte gut zu, dann kam deutlich über seine Lippen:

„Das ist ja genauso einer wie ich, also, das könnte mein Kollege sein."

Das Gesicht des jungen Geistlichen rötete sich. Es war ihm in seiner bisherigen theologischen Laufbahn noch nicht vorgekommen, daß jemand es gewagt hatte, ihn auf der Kanzel zu unterbrechen. Als er jetzt sagte: „Jesus wurde arm geboren und hatte in seinem ganzen Leben keine Stelle, wo er sein Haupt hätte hinbetten können, wir aber haben unsere Existenz auf ihn gegründet", da sprach der aufmerksame Fremdling und beste Zuhörer im Saal: „Das ist genau wie bei mir, ich weiß auch nicht, wo ich heute nacht schlafe."

Im Saal wurde es unruhig, man hörte den unterdrückten Ruf eines Kirchenbeamten: „Bringt ihn doch raus, der stört doch nur, er ist ja angetrunken."

Mein Nachbar meinte, wenn Franz von Assisi oder Vater Bodelschwingh jetzt hier im Saal wären, die würden ihn in die Mitte nehmen und Bruder zu ihm sagen.

Aber es war kein Bodelschwingh und kein Franz von Assisi im Saal, sondern nur alles so hilflose Brüder Hilfreich. Jeder dachte: „Gut, daß ich jetzt keine Verantwortung trage."

Der junge Pfarrer sprach weiter: „Jesus kommt als Gerechter und als Helfer."

Benno hatte gute Ohren. Während niemand mehr dem Pfarrer zuhörte, hörte er. Er wandte sich um, ging mit seinen Augen die Reihen entlang, zeigte dann mit der ausgestreckten Hand auf einen Hausvater der Herberge zur Heimat und rief: „Da sitzt ein Helfer, der heißt Martin."

Alle hörten auf diesen schlagfertigen Dialogprediger. Dann jedoch war die Andacht plötzlich zu Ende, der Diener Gottes redete zwar weiter, aber die Gedanken aller waren von der eigenen Hilflosigkeit verwirrt. Dem Stadtstreicher Benno fiel eine Bierflasche durch die kaputte Manteltasche zu Boden und zerbrach. Benno sagte: „Schade, mein einziger Trost für heute abend."

Er blickte sich um, jetzt war es ihm peinlich, daß er

im Blickpunkt aller stand, er sagte: „Tschuldigung, will man lieber nicht mehr stören, gehe ja schon, gehöre hier doch nicht dazu."

Die Tür fiel ins Schloß. Die ganze Hilflosigkeit all der Brüder Hilfreich strömte durch den Saal. Alle hatten die beruhigende geistliche Delikatesse einer weihnachtlichen Stunde nach dem Trubel der letzten Wochen gesucht, hatten gebetet: „Komm, Herr Jesus, sei du unser Gast."

Jetzt war Jesus in der Gestalt des armen Bruders gekommen. Die Mickrigkeit christlichen Handelns stand beschämend im Gewissen der Sünder. Die selbstgerechten Pharisäer jedoch dachten, man sollte die Tür zu Beginn der Weihnachtsfeier zuschließen, damit keiner unseren Kreis stört.

Suse Friedl

Ann-Kathrin, hallo!

Erfahrungen bei einer schwierigen Geburt

Ein fröhliches Jauchzen weckt mich aus dem Schlaf. Ich schaue auf, und da sehe ich sie, unsere kleine Ann-Kathrin. In ihrem bunten Schlafsack steht die Kleine in ihrem Kinderbettchen und kräht vergnügt vor sich hin.

Beinahe jeden Morgen werde ich auf solch fröhliche Weise geweckt. Doch heute ist ein besonderer Tag: Ann-Kathrin hat Geburtstag! Ein Jahr ist sie nun.

Wie froh und dankbar bin ich für dieses vergangene Jahr! Es ist nämlich nicht selbstverständlich, daß unsere kleine Tochter so vergnügt und gesund in ihrem Bettchen steht. Meine Gedanken wandern zurück zu dem Tag ihrer Geburt.

Es war ein kalter Januartag vor einem Jahr. Dichte Schneeflocken fielen vom Himmel. Ich erwartete unser zweites Kind. Dann, noch mitten in der Nacht, meldete es sich an. Noch immer schneite es in großen Flocken.

Eine Fahrt mit dem Auto würde nicht ungefährlich sein bei diesem Wetter. Doch es blieb uns nichts anderes übrig. Wir mußten los; und so steuerte mein Mann das Auto auf ungebahnten, mit hohem Schnee bedeckten Straßen in die eine halbe Stunde entfernte Kreisstadt.

Ich hatte weder Augen für die Schönheit der verschneiten Winterlandschaft noch für die Gefahren des Weges. Ich hatte mit den Wehen zu kämpfen und versuchte all das anzuwenden, was wir im Geburtsvorbereitungskurs an Atemtechniken gelernt hatten.

Ich freute mich, daß es diesmal eine normale Geburt werden würde. Mein erstes Kind war durch Kaiserschnitt entbunden worden. Es war eine Risikoschwangerschaft gewesen, und nur zwei Pfund hatte unsere kleine Tochter vor drei Jahren gewogen; ihre Lebenschancen waren daher anfangs nicht sehr hoch.

Doch dieses Mal schien es anders zu sein. Und trotzdem hatte ich Angst vor all dem Unbekannten, das auf mich zukommen würde.

Mit solchen Gedanken und Gefühlen erreichten wir nach einer schwierigen Fahrt auf tief verschneiten Straßen das Krankenhaus. Es war auch höchste Zeit. Das Kind meldete sich immer heftiger. Vor dem Aussteigen aus dem Auto noch ein kurzes stilles Gebet, dann hatte mich auch schon die Routine des Krankenhausbetriebes gefangengenommen.

Ich war gerade noch rechtzeitig gekommen, so bestätigte mir die Untersuchung des Arztes. Die Geburt war in vollem Gange; das Kind wurde in kurzer Zeit erwartet. Preßwehe auf Preßwehe folgte.

Doch eine Stunde um die andere verging, und noch immer ließ das Kind auf sich warten. Nach vielen qualvollen Stunden entschlossen sich dann die Ärzte am Nachmittag des folgenden Tages, die Geburt auf operativem Wege durch die Saugglocke zu beenden. Aber auch der Einsatz der Saugglocke führte nicht zum gewünschten Ziel. Nachdem auch ein Zangenversuch fehlgeschlagen war, entschied der Oberarzt: „Kaiserschnitt."

Hätte man mir vor der Geburt gesagt, daß auch mein zweites Kind durch Kaiserschnitt entbunden würde, so hätte ich vor der Operation Angst gehabt. Jetzt erschien mir dieses Wort wie eine Erlösung. Die

Qual und Ungewißheit der letzten Stunden würden nun zu Ende sein; ich wußte nun, was mich erwartete.

„Wachen Sie auf, Sie haben ein fast neun Pfund schweres Töchterlein!" – diese Worte riefen mich aus der Narkose zurück in die Wirklichkeit.

Neun Pfund, – welch ein Unterschied zu meinem ersten Kind mit seinen zwei Pfunden. Ich war glücklich. Da würde es doch keine Probleme geben! Doch wo war mein Kind? Warum hatte ich es – wie auch nach dem Kaiserschnitt üblich – nicht bei mir?

Von meinem Mann erfuhr ich es dann: Auch unser zweites Kind lag auf der Intensivstation für Neugeborene. Durch die schwere Geburt sei es noch sehr mitgenommen und müsse beobachtet werden, so hieß es. Näheres konnten die Ärzte noch nicht sagen.

Nach einigen Tagen erfuhren wir dann die schwere und bittere Wahrheit: Unser Kind hatte durch die schwere Geburt eine Hirnblutung erlitten. Wir waren zutiefst betroffen. Die Ärzte versuchten zwar, uns Hoffnung zu machen, doch es war ihnen anzumerken, wie unsicher sie auf diesem Gebiet selbst waren.

Fragen über Fragen drängten sich uns auf. Handelte es sich um menschliches Versagen? Warum hatten sich die Ärzte nicht gleich zum Kaiserschnitt entschlossen, sondern zuerst zum Einsatz von Saugglocke und Zange? War es für sie nicht schon vor der Geburt ersichtlich, daß der Kopf des Kindes im Verhältnis zu meinem Becken zu groß war? Hätten wir als Eltern nicht vorher über die möglichen Auswirkungen der Saugglocke unterrichtet werden müssen? Fragen über Fragen.

Über solchen Gedanken und Fragen kam mir das Gebet in den Sinn, das ich kurz vor dem Betreten des Krankenhauses gesprochen hatte.

„Herr, laß mich nicht in Menschenhände fallen, sondern in deine Hände" – so hatte ich dort gebetet. Eigentlich ein eigenartiges Gebet vor einer Entbindung, so kam mir jetzt zu Bewußtsein.

Aus Angst vor den vielen Untersuchungen und davor, von einem Arzt zum anderen weitergereicht zu werden, hatte ich diese Worte gesprochen. Oder hatte ich unbewußt schon geahnt, was nun auf mich zukommen würde?

War nicht gerade das Gegenteil meines Gebetes eingetroffen? War ich nicht doch in der Menschen Hände gefallen, den Entscheidungen von Menschen ausgeliefert gewesen?

Es dauerte eine lange Zeit, bis mir klar wurde: Bei solchen Gedanken durfte ich nicht stehenbleiben. Ich hatte vor der Entbindung mein Leben und das Leben meines Kindes in Gottes Hand gelegt. Nun galt es, daran festzuhalten: Gott hält mein Leben in seiner Hand. Es kann mir gar nichts geschehen, das er nicht zuvor gewußt und zugelassen hat.

Auch hinter allem Tun der Ärzte und ihren Entscheidungen mußte ich so Gottes Handeln erkennen und auch die schwere Geburt und die daraus entstandenen Folgen aus seiner Hand nehmen.

Es ist eine schwere Zeit gewesen. Eine Zeit, die von großer Sorge um das Kind und von bangen Fragen erfüllt war. Wie würde die Entwicklung von Ann-Kathrin wohl verlaufen? Würde sie je einmal sitzen, gehen können?

Neben solchen Fragen um die Zukunft des Kindes quälte mich noch die Frage nach dem Sinn dieser schweren Führung Gottes besonders. Warum mußte unsere Ann-Kathrin schon als Säugling so Schweres durchmachen? Warum ließ Gott das zu? Wollte er uns als Eltern dadurch etwas Besonderes sagen?

In solches Fragen hinein erhielt ich Antworten, die mich wieder auf die Hände Gottes verwiesen.

„Du hast's in Händen, kannst alles wenden, wie nur heißen mag die Not", so schrieb mir eine Bekannte.

Mit dem Wort aus Psalm 73: „Dennoch bleibe ich stets bei dir, denn du hältst mich bei meiner rechten Hand", wurde ich von anderen ermutigt.

Mein und meines Kindes Leben in Gottes Hand, von ihm gehalten und geführt zu werden, daran konnte ich mich nun wieder halten. Dieses Wissen schenkte mir neue Hoffnung in all dem Schweren, und ich hoffte nichts sehnlicher, als daß bei meinem Kind alles gut werden würde.

Heute, an Ann-Kathrins erstem Geburtstag, ist mein Herz von tiefer Dankbarkeit erfüllt. Keine der schweren Befürchtungen im Blick auf ihre Entwicklung ist eingetroffen. Unser Kind ist kerngesund und macht uns viel Freude. „Lieber Gott, hab Dank, daß du alles, alles wohlgemacht hast!"

„Mama, Mama", so werde ich mit immer lauteren Rufen aus meinen Erinnerungen aufgeschreckt. Ann-Kathrin streckt ihre Ärmchen aus und will endlich aus dem Bett genommen werden. Sie hat Hunger.

„Ja, du kleiner Schatz, du hast lange genug gewartet, gleich sollst du dein Frühstück bekommen. Der Herr segne dich in deinem neuen Lebensjahr. Er halte seine schützende Hand auch weiterhin über dich."

Gottfried Hirzberger

Das kleine Biest

Ein Dorf in der Schweiz. Es ist nicht sehr groß, aber auch nicht ganz klein. Ein Dorf wie andere Dörfer auch. Die Menschen in diesem Dorf sind nicht anders als die Menschen anderer Dörfer. Sie leben miteinander, wie man halt so lebt in einem Dorf. Wenn er nicht gerade mit der Rhätischen Bahn unterwegs ist, nimmt auch Herr Bernhard am Dorfleben teil.

Rrrrrr! Der Wecker rasselt. Herr Bernhard tastet mit der Hand danach. Endlich bekommt er den Wekker zu fassen und stellt ihn ab.

„Wieso rasselt das Ding überhaupt! Heute ist ja Sonntag. Dienstfrei. Zeit zum Ausschlafen!" Herr Bernhard dreht sich auf die Seite und schlummert weiter.

Kurze Zeit später holt ihn ein fröhliches Lied in die Wirklichkeit des Sonntagmorgens zurück.

„Ruhe, ich will noch schlafen", brummt Herr Bernhard. Aber Ursula, seine lebhafte Tochter, läßt nicht locker.

„Guten Morgen, Papa, aufstehen! Das Frühstück ist gleich fertig!"

„Papa steht heute noch nicht auf. Ich will ausschlafen und wünsche daher Ruhe!"

„Nein, nein, Papa steht auf, wenn seine Tochter ihm das Frühstück bereitet hat! Du hast mir versprochen, mit mir zu frühstücken, bevor ich in die Sonntagsschule gehe. Nun halte dein Wort!"

„Kleines Biest!" Die Worte kommen halb wütend, halb lachend.

Herr Bernhard schwingt sich aus dem Bett. Er zieht die Vorhänge zur Seite. Die Sonne grüßt ihn vom strahlend blauen Himmel. In ihren Strahlen glitzert der Schnee ringsum.

„Brr, draußen ist es sicher kalt“, stöhnt Herr Bernhard und hastet ins Badezimmer.

Zwei Bilder

Etwas später sitzen Herr Bernhard und Ursula am Frühstückstisch. Ursula hat sich viel Mühe gegeben, ihn schön zu decken. Neben der Kaffeekanne steht ein Bronzeständer mit vier Kerzen. Drei davon brennen. Ihre ruhigen Flammen strömen Wärme aus, die ins Herz dringt.

Auf Herrn Bernhards Teller liegt ein Kuvert. „Eine Überraschung – für dich“, flüstert Ursula.

Herr Bernhard öffnet den Briefumschlag. Er faltet das Blatt Papier auseinander.

„Oh, ein Kunstwerk von meinem Fräulein Tochter! Danke, mein Schatz!“

„Weißt du, was ich gezeichnet habe?“ Gespannt blickt Ursula ihren Vater an.

„Das sieht aus wie ein Hirte, der ein Schaf in den Armen hält.“

„Genau! Das ist Jesus, der gute Hirte. Wenn wir uns verirren, sucht er uns, bis er uns gefunden hat. Dann nimmt er uns in seine Arme und bringt uns auf den richtigen Weg zurück.“

„So, so ...“ Herr Bernhard trinkt einen Schluck Kaffee. Er betrachtet das Bild eine Weile ...

Gegen neun Uhr verläßt Ursula das Haus. Herr Bernhard sieht ihr nach, bis sie in eine Seitengasse abbiegt. Dann geht er in die Küche und spült das Geschirr. Anschließend zieht er sich an und macht das Bett. Ohne Ursula ist es so still im Haus. Herr Bernhard geht ins Wohnzimmer und stellt die Stereoanlage an. Ruhige Musik klingt aus beiden Boxen.

Herr Bernhard läßt sich in einen Polstersessel fallen. Dabei fesselt ein Foto seinen Blick. Es hebt sich mit seinem hellen Rahmen vom dunklen Holz des Wohnzimmerschrankes ab. Herr Bernhard betrachtet das Gesicht der Frau auf dem Foto. Die braunen, gewellten Haare vermögen die kantigen Gesichtszüge nicht aufzuweichen. Die Nase ist fast ein wenig zu groß geraten. Die Lippen haben sich mit den Wangen zu einem Lächeln geformt. Herr Bernhard lächelt zurück. Dann wendet er den Blick jäh ab. Wie eine Kette legt sich das Gefühl der Einsamkeit um sein Herz.

„Bald ist dieses Jahr vorbei", denkt Herr Bernhard, „wohl das schwerste in meinem Leben. Mein Leben, tja, was hat das noch für einen Sinn? Jetzt, nachdem ich Marga verloren habe? ‚Krebs', hatten die Ärzte gesagt, ‚da sind wir machtlos'. Es ging noch einige Monate. Im September schlug der Tod zu – brutal, ohne Erbarmen. Meine Schreie ließen ihn kalt. Er kam einfach und nahm mir meine Frau.

Seither hat alles keinen Sinn mehr. Da baust du dir eine Existenz auf. Du findest eine wunderbare Frau, die Schönes und Schweres mit dir teilt. Und dann – nach zwölf glücklichen Ehejahren – aus – einfach aus. Das gibt doch keinen Sinn!"

Herr Bernhard grübelt weiter, bis ihn ein fröhliches Lied aus seinen Gedanken reißt.

„Ursula, mein Schatz, kommt. Mit ihren zehn Jahren hat sie den Tod Margas besser verkraftet als ich. Sie behauptet, Jesus hätte sie getröstet. Sie wüßte, daß Mama bei ihm sei und es gut hätte.

Ich möchte auch so einfach glauben können wie mein Kind!"

„Hoi, Papa ...! Was hast du?"

„Nichts, nichts, Ursula. Wie war's in der Sonntagsschule?“

„Spitze! Wir haben ein neues Lied gelernt. Paß auf!“

Und schon hat Ursula das neue Lied angestimmt. Dann erzählt sie die Geschichte, die sie in der Sonntagsschule gehört hat.

Herr Bernhard erfährt auch, was sonst noch passierte: daß Claudia und Beate immer schwätzen, daß Rolf Susanne einen Liebesbrief geschrieben hat.

Über die Neuigkeiten seiner Tochter muß Herr Bernhard lachen. „Na, ihr seid ja Früchtchen!“

Plötzlich springt Herr Bernhard auf. „Weißt du was, Ursula? Wir gehen heute zur Feier des Tages in ein Restaurant essen. Am Morgen hast du mich eingeladen. Und jetzt lade ich dich ein! Einverstanden?“

„Toll, du bist der beste Papa, den es gibt!“

Das Weihnachtsspiel

Eine Woche später: Herr Bernhard schreitet in Richtung Kirche. Der Schnee knirscht unter seinen Stiefeln. Es ist dunkel und kalt. Herr Bernhard zieht den Kopf ein und geht schneller.

„Wieder einmal in die Kirche zu Weihnachten. Das kleine Biest gibt ja nicht nach. ‚Du mußt zur Weihnachtsfeier kommen, Papa. Ich spiele eine Hauptrolle im Weihnachtsspiel!‘ Diese Worte ununterbrochen eine Woche lang. Das macht den stärksten Mann weich. Hoffentlich starren mich in der Kirche nicht alle an.“

Herr Bernhard öffnet die Kirchentür. Es beklemmt ihn, so viele Leute zu sehen. Ganz hinten bekommt er gerade noch einen Platz. Gut, daß die Kinder vorne erhöht stehen. So kann Herr Bernhard Ursula sehen. Auch sie hat ihren Vater bemerkt und lächelt ihm zu.

Der Gottesdienst ist feierlich. Die Kinder spielen das Stück gut. Der Pfarrer predigt kurz.

„... Weihnachten – da begann das Leben des Jesus von Nazareth. Er, der Sohn Gottes, kam in diese Welt, um sie vom Tod, der sie umschlungen hielt, zu befreien. Man empfing Jesus nicht mit offenen Armen. Er kam abseits des Trubels in einer einsamen Höhle auf die Welt. Und Jesus blieb einsam – bis zu seiner Hinrichtung auf Golgatha. Er wurde verachtet und gehaßt. Seine Anhänger verstanden ihn nicht. Das letzte Stück seines Leidensweges ging er allein, von allen verlassen.

Von allen? Nein! Sein Vater war bei ihm. Er ließ Jesus nicht im Grab. Er holte ihn ins Leben zurück! Damit stellte Gott klar: Das Leben Jesu – so hart es war – hatte Sinn. Der Tod hat nicht das letzte Wort. Jesus – das Leben – ist stärker!

Weihnachten – da begann das Leben des Jesus von Nazareth. Das Leben, das den Tod überwand! ..."

Der Pfarrer redet noch weiter. Aber Herr Bernhard hört nicht mehr recht zu. Die Worte des Pfarrers arbeiten in ihm. Es kommt ihm vor, als läge eine unsichtbare Hand auf seiner Schulter.

Eigenartig: Zum ersten Mal seit dem Tod seiner Frau wird er völlig ruhig. Jetzt fällt ihm die Zeichnung von Ursula ein und ihr Kommentar: „Jesus ist der gute Hirte. Wenn wir uns verirren, sucht er uns, bis er uns gefunden hat. Dann nimmt er uns in seine Arme und bringt uns auf den richtigen Weg zurück."

„Mein Leben – hat es trotz allem einen Sinn? Wie das Leben dieses Jesus, das den Tod besiegte?"

Nach der Weihnachtsfeier treffen sich alle im Kirchgemeindesaal zu einem kleinen Imbiß. Die Kinder stürzen sich voller Erwartung auf die Geschenke von der Sonntagsschule. Lehrer und Eltern unterhalten sich.

„Herr Pfarrer, könnte ich kurz mit Ihnen reden?"

„Natürlich, Herr Bernhard. Machen wir einen kleinen Spaziergang? Dabei können wir uns ungestört unterhalten."

„Einverstanden."

Herr Bernhard sagt Ursula Bescheid. Dann verläßt er mit dem Pfarrer den Raum. Nach einer Weile kehren die beiden Männer zurück.

Auf dem Heimweg kann Ursula ihre Neugier nicht mehr bändigen.

„Was hast du denn mit dem Herrn Pfarrer besprochen?"

„Er hat mir von einem erzählt, der auch mir jetzt weiterhelfen kann."

„Vom guten Hirten?"

„Ja, und für morgen haben seine Frau und er uns zum Mittagessen eingeladen. Dann werden wir uns weiter unterhalten."

Ein Dorf in der Schweiz. Ein Dorf wie andere Dörfer auch. Ein Heiliger Abend wie andere Heilige Abende auch. Und doch: für Herrn Bernhard ein besonderer Abend. Ein Abend, an dem er einem Hirten begegnete. Einem Hirten, der Umherirrende sucht, um sie bei sich zur Ruhe zu bringen . . .

Marianne Friemel

Die Anstellung

Ein arbeitsloser Lehrer erfährt, wie Gott für ihn sorgt

Christoph Ellermann fährt an diesem sonnigen Märztag ganz vergnügt und zufrieden nach dem Unterricht heim. Er brummt gerade ein Lied vor sich hin, da muß er schon nach links abbiegen, um das Auto auf den Parkplatz vor seiner Garage zu steuern. Als er das Tor hochschiebt, denkt er immer noch an die gelungene Deutschstunde: Mit welchem Eifer hat seine siebte Klasse das Mörike-Gedicht interpretiert!

Trotz schwerer Aktentasche rennt er die Treppe hoch, schließt die Wohnungstür auf und schnuppert.

„Ach, riecht das wieder mal gut! Ich habe schon einen Riesenhunger!" ruft er fröhlich seiner Frau zu, die soeben den Tisch deckt. Doch als sie sich zu ihm umdreht, merkt er sofort, daß irgend etwas nicht in Ordnung ist.

„Da ist ein Brief vom Oberschulamt... Du wirst nach dem Referendariat nicht in den Schuldienst übernommen. Sie setzen dich nur auf eine Warteliste, haben sie geschrieben."

Christoph starrt seine Frau einen Augenblick verwirrt an, dann setzt er sich langsam und beginnt zu lesen. Die Buchstaben tanzen vor seinen Augen, und erst beim dritten Anlauf formen sie sich zu Wörtern und Sätzen.

Schließlich kommt es aus ihm heraus. „Aber das gibt's doch gar nicht. Dabei lief doch die Deutschstunde heute so gut!"

Renate schließt ihn in die Arme und drückt ihn ganz fest.

„Wozu habe ich denn dann die ganzen Jahre studiert? Und wozu habe ich jetzt das Referendariat durchgestanden? Du weißt doch selbst, wie anstrengend das war!"

Sie nickt und setzt sich neben ihn. „Gott muß uns helfen."

Am liebsten wäre Christoph am folgenden Abend überhaupt nicht in den Bibelkreis gegangen. Doch er rafft sich schließlich auf, weil er sich Trost und auch Ablenkung erhofft. Aber sagen will er nichts von seiner Schande.

„Euer himmlischer Vater weiß genau, was ihr alles braucht", so steht es im Text, der an diesem Abend gelesen wird.

Die Gespräche der anderen rauschen nur an ihm vorbei, und er denkt: „Aber wie soll Gott das denn machen, daß ich eine Stelle bekomme? Das Schreiben vom Oberschulrat liegt auf meinem Schreibtisch, daran kann man nicht rütteln."

Er rechnet nach, daß das ersparte Geld gerade für ein bis zwei Monate reichen wird. Er wird auch keine Arbeitslosenunterstützung bekommen, weil er als Referendar nicht in der Arbeitslosenversicherung ist. Auch die Eltern besitzen nicht die Mittel, seine Frau und ihn zu unterstützen.

Kurz schaut er zu Renate hinüber, die über ihre Bibel gebeugt dasitzt. Sie hat damals nach der Hochzeit ihr Studium abgebrochen und ist seit dem letzten Frühjahr häufig krank.

Christoph beginnt von neuem zu rechnen und in Gedanken durchzugehen, welche Ausgaben man kürzen könnte. Viel findet er nicht. Er versucht, das Problem von sich abzuschütteln, und bemüht sich, dem Gespräch zu folgen.

Als er später ihre Mäntel aus der Garderobe holt, spricht ihn eine kleine ältere Frau an, die recht häufig zum Bibelkreis kommt, meistens aber nur zuhört. „Sie sehen heute so bedrückt aus, Herr Ellermann. Kann ich Ihnen helfen?"

Christoph schluckt und platzt dann heraus: „Die wollen mich ja nicht. Ab September bin ich arbeitslos!"

Die Dame fragt, Christoph und Renate erklären, und schließlich ermutigt sie die beiden: „Gott hat schon einen Platz für Sie bereitet. Sie müssen ihn nur finden. Warten Sie – zum neuen Schuljahr haben Sie eine Anstellung!"

Am ersten Schultag nach den Sommerferien steht Christoph erst spät auf. Bis gestern noch haben er und Renate auf ein Wunder gehofft – ein neues Schreiben vom Oberschulamt oder die Zusage einer der Privatschulen, bei denen er sich beworben hat. Das Ersparte ist mittlerweile nahezu aufgebraucht, der Nebenverdienst, um den sich Renate bemüht hat, bringt nur wenig ein.

„Euer himmlischer Vater weiß genau, was ihr alles braucht...", – Christoph und Renate sind verunsichert, wenn sie an diesen Bibelvers denken. Offensichtlich handelt Gott nicht, obwohl er von ihrer Not weiß.

Christoph geht unter die Dusche und hilft dann seiner Frau beim Staubwischen. „Könntest du nicht schnell einkaufen gehen?" fragt Renate und schaut auf ihre Armbanduhr. „Ich brauche noch etwas zum Mittagessen. Aber etwas, das nicht viel kostet!"

Christoph fährt zusammen. „Nein, kommt nicht in Frage!"

„Also Christoph, ich renne mich hier fast zu Tode; Mutter kommt morgen, ich muß noch die Fenster putzen, die Böden wischen, das Gästebett herrichten – ich weiß überhaupt nicht mehr, wo mir der Kopf steht!"

„Bist du die Hausfrau hier, oder bin ich es", bemerkt Christoph gereizt und knallt die Tür hinter sich zu.

Er braucht sich nur das Gesicht von Frau Körner vorzustellen, die ein Stockwerk unter ihnen wohnt, wenn er jetzt aus dem Haus ginge.

„Ja – sind Sie denn nicht in der Schule?" würde sie ihn fragen, und morgen schon wüßte das ganze Viertel, daß der junge Lehrer im zweiten Stock arbeitslos ist und wahrscheinlich zu dumm, um Kinder ordentlich zu unterrichten.

Er holt ein Buch und legt sich auf das Bett. Doch bald plagt ihn das schlechte Gewissen. Verlegen geht er zu Renate in die Küche, gibt ihr einen Kuß und schlägt vor: „Geh du doch einkaufen, ich wische inzwischen die Wohnung durch."

Das macht er dann auch, vorsichtshalber läßt er jedoch die Rolläden herunter, damit ihn mit Sicherheit niemand sehen kann.

Zwei Wochen sind seitdem vergangen. Christoph hat – trotz seiner zahlreichen Bewerbungen – immer noch keine Aussicht auf eine Anstellung. Und auch Frau Körner weiß inzwischen, daß er arbeitslos ist. Es hat ihr wirklich ein paar Tage lang einen interessanten Gesprächsstoff geliefert.

An diesem Nachmittag nun klingelt das Telefon, und kurz darauf hört Christoph seine Frau rufen: „Komm doch mal! Es ist für dich. Eine Frau Ruder oder so ähnlich."

Christoph zuckt mit den Schultern und geht an den Apparat. Eine Frau Ruder kennt er nicht. „Ja, hier Ellermann?"

„Guten Tag, Herr Ellermann. Hier ist Frau Buber. Ich wollte fragen, ob Sie für mich eine Krankheitsvertretung übernehmen könnten. Oder haben Sie eine Stelle? Ich muß nämlich für längere Zeit in Kur gehen."

„Nein – ja, natürlich, die Vertretung kann ich für Sie übernehmen."

„Sie müßten aber auch Latein geben, für eine Anfängerklasse. Trauen Sie sich das zu?"

„Ich glaube schon. Ich würde es auf jeden Fall gerne versuchen."

Christoph ist erleichtert – Gott läßt sie also wirklich nicht im Stich. Auf ihn ist Verlaß.

„Kann ich Sie dann der Frau Direktor als meine Vertretung vorschlagen?"

„Ja, natürlich!"

„Dann kommen Sie doch am Montagabend einmal zu mir, dann können wir ja alles besprechen. Ich zeige Ihnen die Bücher für Latein und gebe Ihnen noch Materialien für meine Deutschklassen."

Nach dem Anruf rennt Christoph zum Küchenschrank und holt die letzte Flasche Wein heraus. „Renate, komm! Wir müssen feiern!"

Aber vorher noch setzen sich beide auf die Couch und danken Gott dafür, daß er für sie sorgt und ihr Vertrauen nicht enttäuscht.

Ein paar Tage später kommt Christoph mit einem Jahresvertrag nach Hause. Die Lehrerin, deren Vertretung er übernimmt, wird auch nach der Kur noch Erholung brauchen und ist froh, wenn er auch während dieser Zeit ihren Unterricht übernimmt. Erst im nächsten Schuljahr wird sie ihre Arbeit wieder aufnehmen können. Bis dahin aber, das wissen Christoph und Renate jetzt, wird Gott einen neuen Platz vorbereiten, an dem er sie gebrauchen will.

Gerda Schmitz

Leben lebt allein aus Liebe

Die nur wenige Jahre umfassende Lebensgeschichte eines schwerstbehinderten Kindes

Als der Arzt meiner Mutter mein Klopfen deutete, war sie außer Rand und Band vor Glück. Vati und Mutti hatten mit mir nämlich gar nicht mehr gerechnet. Meine Geschwister waren schon 10 und 12 Jahre alt und Mutti schon vierzig. Doch habe ich Mutti oft sagen hören: „In diesem Alter erlebt man das ‚Wunder' viel bewußter!"

Oft hat Mutti sich mit mir unterhalten. Dann lag ich wohlgeborgen, hingekuschelt, manchmal den Daumen im Mund, in einer Bauchecke und lauschte selig.

Die Geburt

Vier Wochen vor dem errechneten Termin merkte ich, daß sich plötzlich meine schützende Hülle veränderte. Die Wasserblase, in der ich schwamm, war geplatzt. Mein Lebensraum wurde enger. Mit starkem Schüttelfrost kamen wir beide ins Krankenhaus. Die eintretenden Wehen, die mich rausbugsieren sollten, wurden mit Spritzen zurückgehalten. So mußten wir beide warten. Das waren lange, sorgenreiche vier Wochen.

Dann wurde mein Kommen eingeleitet. Nach dreieinhalb Stunden bekam Mutti zur Erleichterung Lachgas. Ich hätte ja nun eigentlich lachend zur Welt kommen müssen, aber ich kam weder lachend noch schreiend, nicht krebsrot, sondern blau zur Welt. Statt in Muttis Arme, legte man mich in ein Sauerstoffzelt. Muttis Tränen habe ich nicht gesehen – ich lag mit einem ziemlichen Schock in meinem kleinen Bettchen. Neun Monate war ich von inniger Liebe geschützt und getragen, nun abrupt getrennt von der „Nestwärme" und kämpfend gegen den Erstickungstod – allein!

Nach zwei Tagen hoben mich Hände liebevoll aus meinem Zelt. Ich sollte die erste Prüfung meiner Selbständigkeit in punkto Atmung ablegen, bestand sie aber schlecht, ich schaffte nur eine halbe Stunde. Und doch war diese halbe Stunde schon schön. Die liebevolle Zuwendung hatte mir gutgetan. Ich schlief sofort ein. Am nächsten Tag ging es schon eine Stunde, aber leider behandelte mich diesmal die Schwester wie einen toten Gegenstand. Sie meinte wohl, so ein kleines Kind fühlt das noch nicht. Aber da irrte sie ganz gewaltig. Ich sehnte mich richtig nach Zuspruch und Wärme. Es ging mir hinterher auch wieder schlechter. Ach, hätte ich doch zu meiner Mutti gedurft! Sie wird sich wohl genauso nach mir gesehnt haben.

Am darauffolgenden Tag bekam ich eine schwere Gelbsucht. Eine leichte bekommen ja alle Säuglinge am dritten oder vierten Tag, doch meine war nicht normal. Mein Gehirn würde schwer geschädigt werden, wenn nicht sofort eine Blutwäsche vorgenommen würde. Das war aber nur im hundert Kilometer entfernten Krankenhaus möglich. Vati und Mutti mußten erst die Genehmigung geben, Vati mußte geholt werden, kostbare Zeit ging verloren. Auf unsere seelische Verfassung, Muttis und meine, wurde überhaupt keine Rücksicht genommen. Mutti durfte mich nicht einmal ans Herz drücken, um mir eine geheime Kraftquelle mitzugeben.

Ich weiß, es heißt: „Was man nie kennengelernt hat, kann man auch nicht vermissen." Das stimmt aber nicht! Wir können unsere Sehnsucht nach Geborgenheit nur nicht zum Ausdruck bringen, da ist sie von Anfang an.

Ich wurde erst abends um 20 Uhr mit Blaulicht in das große Krankenhaus gebracht. In der selben Nacht wurde mein Blut dreimal gewaschen, das heißt, mein eigenes Blut wurde dreimal durch neues Blut ersetzt. Eine scheußliche Prozedur! – Ich kam mir so verloren und alleingelassen vor in der großen, kalten Welt. Wo war meine Mutti?

Nach mehreren Tagen, ich weiß nicht, wieviele es waren, beugte sich ein großes, freundliches Gesicht über mein Bett, nahm mich auf den Arm, drückte mich, herzte mich und gab mir zu trinken. War das meine Mutti?

Mir wurde ganz warm um mein kleines Herz, ich freute mich immer, wenn das Gesicht zu mir kam. Zeigen konnte ich das ja nicht, aber fühlen. Wenn das Gesicht zu mir kam, ging es mir gleich viel besser. Wenn das Gesicht aber ein paar Tage nicht kam und ich nur wie eine Nummer unter vielen behandelt wurde, konnte man das an meiner Kurve auf der Krankenkarte sofort ablesen. Die Ärzte konnten sich den Rückfall gar nicht erklären. Und ich, der wußte warum, konnte es ihnen nicht sagen.

Nach einer Ewigkeit von sechs Wochen durften mich meine Eltern nach Hause holen. Mutti nahm mich glückselig auf den Arm. „Schwester, ich habe die ganze Zeit meine Milch abgepumpt, um sie meinem Jungen zu erhalten, darf ich ihn mal anlegen?"

„Gerne, Frau Schmitz, Sie können es ja versuchen, aber ich mache Ihnen keine Hoffnungen. Er hat sechs Wochen das leichte Trinken aus der Flasche kennengelernt, da wird er sich kaum die Mühe machen, wenn es leichter auch geht."

Sie konnte es ja nicht besser wissen. Eben, als Mutti mich zum ersten Mal an ihr Herz drückte, durchströmte mich ein ganz neues, glückliches Gefühl. Und jetzt, als ich an ihrer Brust lag, saugte ich in tiefen Zügen Seligkeit in mich ein.

Ich war zu Hause! – Mutti weinte vor Glück, die Krankenschwester vor Rührung, und selbst Vati bekam rote Augen. Nun konnte mir nichts mehr geschehen.

Ich wußte ja nicht, was der Professor eine halbe Stunde zuvor meinen Eltern gesagt hatte, daß nämlich die Blutwäsche wohl zu spät gewesen sei und sie abwarten müßten, ob ich blind, taub, stumm, gelähmt, geistig behindert würde – oder alles auf einmal!

Ich wurde nicht blind, nicht taub, nicht geistig behindert, sondern nur völlig spastisch gelähmt und stumm.

Nun nahm meine Mutter – Gott sei's gedankt – alles vertrauensvoll aus seiner Hand. Sie lebte aus dem großen Guthaben: Glaube, Hoffnung, Liebe.

Eine schwere Zeit

Ich war erst einige Wochen zu Hause, da besuchte uns der Pastor. Es fiel ihm sehr schwer, meiner Mutter Trost zuzusprechen. Doch Mutti sagte: „Ich frage nicht ‚warum', Herr Pastor. Wenn es uns gutgeht, fragen wir ja auch nie, warum es so ist. Ich kenne den Weg nicht, den Gott mit uns gehen will, aber er kennt ihn, und ich weiß, daß er mir die Kraft gibt, die ich brauche."

Und Gott gab sie ihr.

Ich hatte keine gramgebeugte, verzweifelte, verbitterte Mutter, ich hatte eine liebe, fröhliche Mutti, die nur später manchmal, als ich größer wurde, mich fest an sich drückte und weinte. Aber dann schien die Sonne wieder. Wenn sie mal weinte, hatte ich immer das starke Verlangen, meine Arme um sie zu legen und sie zu trösten, aber es ging ja leider nicht.

Doch einmal konnte ich es!

Ich war etwa vier Jahre alt. Eine liebe Bielefelder Kinderärztin hatte meiner Mutti gesagt, sie solle mir zwei Jahre lang täglich Arnikaspritzen geben. Meine Mutti rief ganz entsetzt: „Ich? Das kann ich nicht!" „Sie können!" Sie nahm ein Sofakissen, und Mutti mußte üben.

Als ich dann zum ersten Mal das Sofakissen ersetzen sollte, sagte sie mir erst, daß das Pieksen ein bißchen weh tue, aber daß es sein müßte, um gesund zu werden. Und daß ich bitte, bitte nicht weinen sollte, denn dann schaffe sie es nicht.

Ich war auch ganz tapfer, Mutti zuliebe. Danach hat sie mich an sich gedrückt und ein bißchen geweint. Da habe ich spontan meine Arme um ihren Hals gelegt! Wir konnten es alle nicht fassen.

Mutti hat mir immer alles erzählt und erklärt. Sie hat mich auf alles Schöne und alles Schwere vorbereitet. Sie hat mich nie wie ein gelähmtes und stummes Kind behandelt, obwohl ihr der Arzt, als ich ein Jahr alt war, gesagt hatte, ich wäre auch geistig nicht bildbar.

Meine Mutter glaubte dem Arzt nicht, sie glaubte an mich und an die Kraft der Liebe. Und damit hatte sie schon eine große Schlacht gewonnen. Sie gab nicht auf. Sie regte meinen Geist ständig und mit immer neuen Einfällen an. So bastelte sie mir aus einer leeren großen Waschmitteltrommel ein drehbares Kino. Mit Märchenbildern beklebt, durch Deckel und Boden ein Loch, Besenstiel hindurch – und das Kino war fertig! Ihr macht euch kein Bild, wie ich gejauchzt habe, als mein kleiner Bruder die Bilder drehte. Ja, Sie haben richtig gelesen, gejauchzt. Das konnte ich, daß es nur so durchs Haus schallte.

Kleine Freuden

Die Märchentrommel wurde aber nicht nur drehend betätigt, von ihr erfuhr ich auch die Geschichten von Schneewittchen und den sieben Zwergen, Rotkäppchen und dem Wolf und viele mehr. Allerdings änderte Mutti die Geschichten für mich etwas ab, so daß nichts Beängstigendes darin war, was meine Träume vielleicht nachts hätte beeinflussen können.

Woher wußte Mutti, daß mich tatsächlich nachts oft Träume aufschreckten? Ich konnte es ihr doch gar nicht sagen. Es waren Träume, die Erlebtes oder mich Ängstigendes widerspiegelten, – daß ich ganz allein war, daß ein großer weißer Kittel auf mich zukam oder das Schlimmste, daß meine Mutti weg war. Oft weckte ich meine Mutti bis zu fünfmal in der Nacht durch mein Weinen. Mal war es eine Fliege, die sich irgendwo versteckt hatte und mich ärgerte, obwohl meine Eltern jeden Abend das Zimmer nach Fliegen absuchten. Mal wollte ich gerne umgelegt werden, weil ich es allein ja nicht konnte.

Dann kam Mutti, nahm mich auf den Arm und versuchte, meinen Kummer zu ergründen, den ich ihr nicht sagen konnte, den sie immer neu erfühlen mußte.

Aber ich hatte auch viel Freude. Vor allem, wenn Vati oder mein großer Bruder mit mir tobten, da konnte es mir nicht wild genug gehen.

Das war sechs Jahre lang Vatis Feierabendbeschäftigung. Und oft kam Mutti todmüde in mein Zimmer gewankt und sagte: „Nee, Uwe, was bist du doch für ein anstrengender kleiner Kerl! Mutti ist soo müde."

Dann strahlte ich, statt geknickt zu sein, über das

ganze Gesicht. Denn ich kannte Muttis Tonfall, ob sie scherzte oder wirklich einmal mit mir böse war. Bei letzterem machte ich wohl ein unnachahmliches Schippchen, daß ich gleich ein Küßchen darauf bekam. Mutti sagte immer: „Das schafft keiner so schön wie du."

Da fällt mir noch etwas Unnachahmliches ein. Wenn ich so richtig rundum glücklich war, und das war ich wirklich nur in Muttis Armen (obwohl ich meinen Vati und meine Geschwister sehr, sehr lieb hatte), dann schnurrte ich wie ein kleiner Kater. Dann haben alle schallend gelacht, und ich schnurrte vor Behagen noch lauter.

Es lohnt sich zu leben

Mutti sagte oft, die Jahre mit Uwe seien ihre schwersten und doch glücklichsten Jahre. Dem kann ich nur beipflichten. Glücklich war ich auch, trotz allem. Doch schwer waren sie ebenfalls. Immer zusehen müssen, wie alle sich um einen herum bewegen, ohne selbst einen Finger rühren, nicht einmal sitzen zu können.

Doch das „Sich-nicht-mitteilen-Können" war noch schlimmer. Hätte meine Mutter den Ärzten geglaubt, wie es verständlicherweise viele Eltern tun, dann hätte sie mich gefüttert, gewaschen und im übrigen vor mich hinvegetieren lassen. Denn Leben kann man das ja nicht nennen, wenn man Jahre im Bett verbringen muß und den Geist, der ja da ist, durch mangelnde Anregung völlig verkümmern läßt. Braucht doch der Geist das gleiche Training wie der Körper, um nicht zu erschlaffen oder um geweckt zu werden.

Gleich nachdem meine Lähmung feststand, hat meine Mutter den Professor gebeten, doch mit mir bei der Heilgymnastin des Krankenhauses einen dreiwöchigen Kurs machen zu dürfen. Der Wunsch war für den Professor etwas ganz Neues und Unmögliches. Doch Mutti ließ nicht locker, und das mit Erfolg.

Im Wartezimmer des Gymnastikraumes saßen viele Mütter mit ihren Kindern, die verschiedenste Behinderungen hatten. Nur einseitig, nur einen Arm oder nur ein Bein gelähmt oder den Kopf in einer Lederkrause, weil sie ihn nicht halten konnten wie ich. Wenn dazu ein Kind stumm war wie ich, wurde es als geistig behindert oder nicht bildbar abgestempelt und keinerlei Versuche unternommen, seinem Geist näher zu kommen und seine Gefängnistüren zu öffnen.

Die Mütter unterhielten sich untereinander über das negative Krankenbild ihrer Kinder, oft in hoffnungslosester Form in dem Glauben, die Kleinen und vor allem die Stummen verstehen ja nicht, was wir reden. Wie unsagbar falsch war diese Ansicht! Sie ahnten ja nicht, die lieben Mütter, die ja gewiß ihre Kinder alle so lieb hatten wie meine Mutti mich, wie sie uns damit deprimierten und uns durch das immer wieder Gehörte allen Mut und alle schlummernden Kräfte nahmen, die darauf warteten, geweckt und aktiviert zu werden. Ich darf ja nicht sagen „uns", denn ich hatte es ja viel besser. Die täglichen Turn- und Lockerungsübungen haben mir viel Spaß gemacht und geholfen, daß ich nicht versteifte.

Ein Professor hatte meiner Mutti einmal geraten, nie im Beisein des Kindes negativ über seine Krankheit zu sprechen, man wüßte noch zu wenig von der Psyche des Klein- und Kleinstkindes und sollte da sehr vorsichtig sein. Wie recht der Professor hatte, soll ja gerade meine Geschichte zeigen.

Ein Rat für die anderen
Ich möchte allen Eltern in gleicher Situation empfehlen, macht es wie meine Eltern, nehmt eure Kinder in Liebe an! Kein Arzt der Welt kann euch sagen, was wirklich in uns vorgeht. Wieviel Liebe, Ausdauer und Geduld bringt man den Tieren entgegen, um dann oft staunend festzustellen: Der versteht ja jedes Wort. Ich hoffe, daß einmal die Zeit kommt, wo nicht mehr ein Arzt einer Mutter sagt: „In China wirft man solche Kinder von einem Berg ins Meer." Oder ein Orthopäde zu meiner Mutter: „Hitler hat es damals richtig gemacht mit diesen Kindern!"

Dann würden auch die Vorurteile der Mitmenschen abgebaut. Dann würde keine Frau mehr, wie es meiner Mutter passiert ist, hören: „Was müssen Sie Furchtbares getan haben, daß Gott Ihnen so ein Kind geschenkt hat!"

Meine Mutti tat mir damals sehr leid, doch auch die Frau in ihrer überlieferten Unkenntnis. Meine Mutti schluckte tief und sagte dann: „Es ist nicht unser Verdienst, wenn wir gesunde Kinder bekommen, und diese kranken können manchmal mehr zum Segen sein als die gesunden."

Mutti hat mir den Tauftext geben lassen: „Ich will dich segnen, und du sollst ein Segen sein."

Eine Freundin äußerte dazu: „Wie kann man einem Krüppel solch einen Text geben?"

Gott machte den Spruch wahr. Ein Jahr nach dem Tode meines Sohnes baute ich mit Unterstützung nach dem Vorbild anderer Ortsvereine einen Elternverein auf. Nach der Überwindung vieler Schwierigkeiten und Hindernisse gab Uwe somit den Anstoß zum Bau einer Kindertagesstätte, einer Behindertenwerkstatt und eines Wohnheimes.

Jutta Wesslein

Die Berufswahl

Eine Abiturientin lernt, ihre Zukunft von Gott abhängig zu machen

Ich bin sicher, Katrin, Sie werden es weit bringen. Sie sind wirklich ein sehr begabtes Mädchen."

Immer wieder gehen Katrin die Worte von Dr. Obermeyer, ihrem Englischlehrer, durch den Kopf. Er hatte sie gestern abend während der Abiturfeier nach ihren Zukunftsplänen gefragt. Als sie ihm erzählte, sie wolle Englisch und Französisch studieren, um Dolmetscherin zu werden, hatte er ihre Pläne voll und ganz gutgeheißen.

Das Leben planen

Tief in ihren Sessel gekuschelt, träumt Katrin davon, wie sie in ein paar Wochen in der Großstadt eine Studentenbude bezieht und ihr Studium aufnimmt. Sie wird frei sein, tun und lassen können, was sie will. Niemand ist da, um ihr Vorschriften zu machen.

Und später, nach ihrem Studienabschluß, wird sie viel Geld verdienen und sich teure Kleider und ein schnelles Auto leisten können. Sie wird die Welt bereisen, fremde Länder sehen und viele Menschen kennenlernen. – Ist das nicht alles herrlich?

Doch ein bißchen wehmütig ist es Katrin schon ums Herz. Ihre Eltern wird sie dann nur noch am Wochenende sehen, und die gemütlichen Kaffeestunden mit ihrer Mutter werden ihr bestimmt auch fehlen.

Aber sie muß doch schließlich endlich erwachsen und selbständig werden und ihr Leben in die Hand nehmen.

„Katrin, Telefon!" Die Stimme der Mutter reißt Katrin aus ihren Gedanken. Sie eilt zum Telefon.

„Hallo?"

„Hallo, Katrin, hier spricht Schwester Annemarie vom Kindergarten Sankt Nikolaus. Eine unserer Erzieherinnen ist krank geworden, und da dachte ich gleich an dich. Du hast doch jetzt ein paar Wochen Zeit. Willst du nicht für unsere Mitarbeiterin einspringen?"

Nur zögernd sagt Katrin zu. Eigentlich paßt ihr das gar nicht ins Konzept.

Nach all der Lernerei der letzten Wochen wollte sie ein bißchen faulenzen und ab und zu mit ihren Freunden schwimmen gehen... Doch sie kann schließlich Schwester Annemarie nicht einfach hängenlassen.

Es ist schon komisch! In den letzten Jahren hat Katrin immer wieder gern im Kindergarten ausgeholfen. Sie war glücklich, wenn sie mit den Kindern spielen und singen durfte. Und jetzt ist ihr der Gedanke, daß sie morgen dorthin soll, beinahe lästig.

Ja früher, da hat sie davon geträumt, Erzieherin zu werden, zu heiraten und eine große Familie zu gründen. Doch das ist jetzt schon seit langem nicht mehr ihr Ziel. Sie will auch erfolgreich sein und nicht einfach nur zusehen, wie ihre Klassenkameraden Karriere machen, das große Geld verdienen und später bedauernd auf sie herabblicken.

Ein großer Disput

Abends ist Katrin im Jugendclub, dem Treffpunkt ihrer Clique.

„Hallo, Katrin, herrliches Wetter, nicht? Kommst du morgen auch mit zum Schwimmen?" wird sie gleich von Klaus begrüßt.

„Nein, ich kann nicht. Ich ... äh", stammelt sie, „ich

gehe ab morgen wieder in den Kindergarten. Zur Aushilfe."

„Ja warum denn das? Wir wollten doch so viel gemeinsam unternehmen!" Bärbel ist ganz ärgerlich.

„Aber die Kinder und Schwester Annemarie . . ."

„Katrin, du bist und bleibst ein hoffnungsloser Fall. Du kommst dein Leben lang von deinen spießbürgerlichen Idealen nicht los!" unterbricht Klaus sie. „Dann genießen wir unsere Ferien eben ohne dich", fügt er noch kurzentschlossen hinzu und legt seinen Arm um Susi, die ihn anstrahlt.

Katrin wäre am liebsten sofort wieder hinausgelaufen. Doch da greift Peter in die Diskussion ein, der bisher still in einer Ecke gesessen hat: „Ich finde es toll, Katrin, daß du wieder in den Kindergarten gehst. Du kannst prima mit Kindern umgehen, und sie haben dich immer alle sofort gern gehabt."

Katrin hat Peter, Bärbels älteren Bruder, in den letzten Jahren nur selten gesehen. Er ist weggegangen zum Studieren, macht aber gerade sein Examen. Anschließend wird er eine Stelle als Sonderschullehrer im Nachbarort antreten. So hat es ihr Bärbel jedenfalls erst kürzlich erzählt.

„Bitte, Peter, verschone uns mit deinem sozialen Tick", kontert Rolf. „Mit deinen tollen Zeugnissen damals hättest du doch alles studieren können, deinen Doktor machen und vielleicht sogar Professor werden können. Doch nein, du ziehst es ja vor, dein Leben lang schwachsinnigen Kindern das Einmaleins beizubringen."

Katrin sieht Peter ganz bestürzt an. Wie wird er reagieren?

Doch Peter bleibt ganz gelassen: „Ich finde es halt wichtiger, daß man einen Sinn in seinem Leben sieht. Was habe ich denn davon, wenn ich viel Geld verdiene, dreimal im Jahr in Urlaub fahre, und das mit einem schnellen Auto? Dabei macht man sich nur kaputt, weil man nie zufrieden ist mit dem, was man hat, und immer noch mehr erleben und besitzen will."

„Du bist aber nur etwas, wenn du Geld und Erfolg hast – und genau das will ich!"

„Ich will etwas vom Leben haben. Tag für Tag derselbe Trott – das kann ich noch mit 50 Jahren haben."

So geht es noch eine Weile hin und her, bis es den meisten reicht, sich mit dem „hoffnungslosen Fanatiker" Peter auseinanderzusetzen.

Gespräch im Café

Katrin hat sich an der Diskussion nicht mehr beteiligt. Sie überlegt gerade, warum Peter eigentlich mit seiner Schwester hierher gekommen ist. Er paßt doch gar nicht zu den anderen.

Und sie selbst – paßt sie zu ihnen?

Peter reißt sie aus ihren Gedanken. „Weißt du was, Katrin, ehrlich gesagt gefällt es mir hier überhaupt nicht. Hast du nicht Lust, mit mir noch irgendwo anders einen Kaffee zu trinken? Dann könnten wir uns auch ein bißchen ungestörter unterhalten."

Es macht Katrin großen Spaß, sich mit Peter zu unterhalten. Er sagt so vieles, was sie selbst auch schon irgendwann einmal gedacht hat. Nur traute sie sich bisher nie, mit jemandem darüber zu sprechen, weil ihre Freunde sie doch nicht verstanden hätten.

Sie hat sich immer wieder den anderen angepaßt, nur um akzeptiert zu werden und ja nicht aufzufallen. Das ist ihr plötzlich schlagartig bewußt.

Heute kann sie endlich einmal erzählen, was sie bewegt, und so sein, wie sie wirklich ist. Zum ersten Mal redet sie auch ganz offen über ihre Zukunft. Sie erzählt ihm, welche Pläne sie früher gehabt hat, daß sie jetzt aber Sprachen studieren will. Und sie redet auch offen davon, daß sie eigentlich Angst davor hat, von daheim wegzugehen.

Aufmerksam hört ihr Peter bis zum Ende zu. Dann erzählt er, wie er seinen Lebensweg gefunden hat.

„Weißt du, für mich als Christ ist es klar: Gott gibt uns Menschen Zeichen. Wenn nun ein Mensch versucht, im Vertrauen auf Gott zu leben, dann kann er solche Wegweiser Gottes in seinem Leben erkennen."

In den nächsten Tagen muß Katrin immer wieder an Peters Worte denken. Wo sind in ihrem Leben die Wegweiser Gottes?

Auf einmal ist sie sich gar nicht mehr so sicher, daß ein Sprachstudium für sie das richtige ist. Wie hatte Peter doch gemeint: „Überstürze nichts, Gott wird dir deutlich machen, was sein Plan für dein Leben ist."

In der nächsten Zeit ist Katrin viel mit Peter zusammen. Stundenlang kann sie sich mit ihm unterhalten. Und auch im Kindergarten gefällt es Katrin gut. Wenn sie bei den Kindern ist, vergißt sie alles um sich her.

Sie lacht und singt, spielt und malt mit ihnen, trocknet die Tränen und schlichtet Streit.

Und völlig unerwartet entscheidet sich im Kindergarten auch, wie es in ihrem Leben weitergehen wird.

Der Wegweiser

Schwester Annemarie hatte Katrin gebeten, sie solle den Kindern die Geschichte vom Propheten Jona erzählen. Gespannt und aufmerksam hören ihr nun die Kleinen zu, als sie ihnen ausführlich und anschaulich Jonas Flucht vor Gott schildert: das große Schiff, das in einen schlimmen und gewaltigen Sturm gerät; der ungeheuer große Fisch, der Jona verschlingt; die schreckliche Angst, die Jona ausstehen muß, bis ihn der Fisch nach drei Tagen wieder ausspuckt; Jonas schreckliche Drohung über Ninive; die reumütigen Bewohner der Stadt und schließlich sein Erleben mit der schönen, armen Rizinusstaude.

Beim Erzählen ist es Katrin, als ob sie selbst Jonas Schicksal erlebt. Sie kann sich so gut vorstellen, wie Jona vor Gottes Ruf geflohen ist und ihm doch nicht entrinnen konnte.

Bis sie auf einmal merkt: „Daß ich heute den Kindern die Jonageschichte erzählen sollte, das ist mein Wegweiser! Auch ich kann nicht vor Gott weglaufen. Er hat mich hierher geführt. Die Begabung, die Gott mir gegeben hat, soll ich richtig anwenden. Gleich morgen werde ich mich um einen Ausbildungsplatz als Erzieherin bewerben. Jetzt weiß ich, wohin Gott mich berufen hat."

Adelheid Gmoser

Einer von diesen Tagen

Krankenschwester Lisa erfährt, wie ihr Christsein bei den Kollegen ankommt

Ein neuer Tag wacht auf. Langsam noch, es ist ja erst kurz nach fünf. Über dem Wald hängt der Mond, von den Kohlfeldern her drängt aber schon der Morgen hoch. Tief die neue Luft einatmen.

Während die Kaffeemaschine läuft, schlage ich mein Lieblingsbuch auf. Das Lesezeichen liegt im sechsten Kapitel des Lukasevangeliums. Schwere Kost. „Was ihr wollt, das die Leute euch tun, das tut ihr ihnen auch." Nie zu erreichendes Ziel. Utopische Forderung. Oder?

Irgendwo habe ich es gelesen: „Die Bergpredigt ist eine Darlegung dessen, was Gottes Geist in uns tun wird, wenn wir ihm Raum geben."

Wenn wir ihm Raum geben. Raum, in diesem ausgeplanten Tag. Raum, in meiner Müdigkeit und meinem Wunsch nach Urlaub. Raum, in meinem Denken und Fühlen und Sein.

Den heißen Kaffee trinken. Nochmal in den Spiegel schauen. Jacke nehmen. Losgehen.

Viertel vor eins. Endlich, endlich.

Tom und Christiane kommen den Flur entlang. Kurz hinter ihnen Roswitha.

„Hey, Ablösung, Lisa."

„Wie gut, daß ihr da seid."

„Was'n los?"

„Chaos, absolutes Chaos. Tine ist gerade noch auf Visite. Der Chef kommt ja immer kurz vor Schluß.

Ständig waren Zugänge, und dann ist auch noch Herr Baum gestorben."

„War ja Zeit für ihn. Ihr habt ihn doch hoffentlich in Ruhe gelassen?"

„Ja, er durfte ja. Aber – seine Familie ist nicht gekommen, obwohl wir denen Bescheid gesagt haben. Dann bin ich halt so oft wie möglich rein, damit er nicht ganz alleine stirbt. Und ich war dann auch die letzten zehn Minuten bei ihm . . ."

„Das schafft, Kleine." Tom fühlt mit.

„Ja."

„Ich grusel mich da immer ein wenig, bin am liebsten nicht dabei. Aber du siehst das wohl anders, Lisa. Du scheinst echt keine Angst zu haben vorm Tod."

„Angst? Ich weiß nicht. – Nein, eigentlich nicht. Ich weiß ja, was danach kommt, was Besseres als das jetzt. Aber es ist trotzdem komisch, so zuzuschauen und nichts daran ändern zu können."

„Na ja, jetzt komm erst mal, übergib uns den Laden, dann ist Schluß für heute."

Er brüllt über den Flur: „Übergabe!" Die Schülerin schaut aus dem Arbeitsraum. „Wir sind gleich fertig."

„Ist die neu?" Endlich redet auch Christiane.

„Ja, sie kam heute früh. Natürlich hatte keiner Zeit, sie richtig einzuweisen. Aber wir haben sie Roland anvertraut, der steht ja kurz vor dem Examen und kann ihr das Wichtigste erklären."

„Pah, der." Christiane steckt sich eine Zigarette an. „Der blickt's doch selber nicht."

„Ach doch. Er braucht eben für manche Dinge etwas mehr Zeit. Aber er ist sehr gewissenhaft."

„Gewissenhaft – lahm ist der." Sie geht in die Küche, kommt mit einem Ascher zurück. „Du setzt dich für die falschen Leute ein, Schätzchen, das lohnt nicht."

Ihre Arroganz nervt mich.

„Ich bin eben dafür, jedem 'ne Chance zu geben und ..."

„... und jetzt kommt gleich was Frommes."

Sie verletzt mich wie immer mit ihrem Zynismus.

„Kinder!" Tom lenkt ein. „Verderbt mir doch nicht meine wunderbar gute Laune an einem Tag wie diesem. Die Lisa ist okay, Chris, ich finde das gut, wie sie es macht. Laß sie mal."

Christiane zieht an ihrer Zigarette.

„Hey, Leute!" Sieglinde wirft sich auf einen Stuhl. „Oh, Christiane, darf ich mir mal eine? Mein Tabak ist alle. – Ah, tut das gut, nach so 'nem Streßvormittag. Aber wir haben uns tapfer geschlagen, was Lisa? – Nein. Jetzt klingelt diese ‚Tulpe' in Zimmer sieben schon wieder. Laßt euch bloß von der nicht beeindrucken. Die versucht, uns zu schikanieren, weil sie 'ne Erbtante vom Oberarzt ist oder so was ähnliches. – Ach, die Schüler gehen hin, ein Glück. Seid ihr eigentlich schon bei der Übergabe?"

„Wir fangen jetzt an. Oder noch nicht. Tine ist im Anmarsch."

„Grüßt euch! Mann, zum Glück hatte der Chef Hunger und hat sich deshalb beeilt. Und ich erst, ich hab' ein Loch im Bauch. Wer kommt nachher mit in die Kantine? Lisa?"

„Nee du, mir ist total übel."

„Na, dann gerade. Wir haben ja fast nichts gefrühstückt. Ich laß mal was zurückstellen, das dauert hier sicher noch länger. Oh nee, wenn alle Tage so wären wie der." Sie greift zum Telefon.

„Sieglinde, gehst du auch mit?"

„Nein. Mich erwartet zu Hause ein Cordon bleu. Dieter hat frei."

„Na ja, dagegen kommen die hier natürlich nicht an."

Ist doch gut, etwas zu essen. Danach versuche ich zu schlafen. Kann aber nicht abschalten. Habe ich das EKG angemeldet? Die neuen Tabletten gerichtet? Roswitha sitzt immer nur still dabei. Hat noch keinen Draht zu uns gefunden. Ob ich sie in den nächsten Tagen mal einlade? Zum Eisessen vielleicht.

Herr Baum. Zuschauen, wie einer den Atem abstoppt. Seine Hand halten und sagen: Sie sind nicht allein. Innerlich weinen; er ist doch allein. Ich bin eine fremde, starke, stolze Frau, deren Job es ist, Sterbenden die Hand zu halten und zu sagen: Sie sind nicht allein. Da stirbt er, stumm und einsam. Vielleicht hätte er mehr Worte verstanden, mehr Worte gebraucht.

Warum Christiane mich nicht leiden kann? Ich sie ja genausowenig. Der Typ Frau, der mir nicht liegt. Kann sein, daß ich sie aber ganz falsch einschätze. Kenne sie fast nicht. Jedem eine Chance geben, das sagt sich so leicht. Christiane die Chance geben.

Der Tom ist dafür ein Goldstück. Wenn der nicht auf Station wäre ...

Ein Violinkonzert vom Kassettenrecorder. Dazu eine Tasse Tee. Ein paar Kapitel in einem Buch. Das ist Entspannung.

Der längst fällige, nicht leichte Brief an Regina. Dann zur Post. Einkaufen. Unmengen von Gesichtern. Entnervte Frauen an den Kassen. Ihnen zulächeln. Bald ist Feierabend.

Komme rechtzeitig zurück, um pünktlich bei Martin zu sein. Außer Stefan sind alle da. Stefan hütet die Kinder, erklärt Petra, weil kein Babysitter frei war.

Wir genießen Salate und selbstgebackenes Brot.

Dias von Martins Israelreise. Er rückt Nebensächlichkeiten ins Blickfeld. Ein Kinderschuh im Gras vor dem Kibbuz. Heruntergefallene Eistüte auf den Pflastersteinen der Jerusalemer Altstadt. Begegnungen,

Anekdoten. So gut er fotografiert, so gut erzählt er. Danach Kaffee und Obst.

Ob ich noch Gedichte schreibe, fragt jemand.

„Ab und zu, warum?"

„Weil es da einen Autorenwettbewerb gibt, bei einem christlichen Verlag. Man kann Kurzgeschichten einsenden."

„Gedichte sind keine Kurzgeschichten."

Kathrin zeigt Interesse. Ob es ein Thema gibt.

„Ja, Gott im Alltag, oder so ähnlich, und: Als Christ die Welt verändern."

„Als Christ die Welt verändern?" Petra überlegt eine Weile. „Nichts leichter als das", ist dann ihr Kommentar.

„Wieso?"

Leichthin erklärt sie uns, daß ich als Christ automatisch die Welt um mich herum verändere.

Vor ein paar Wochen haben wir eine halbe Nacht darüber geredet. In meinen Ohren klingt es nach wie vor logisch. Wenn ich von Jesus geprägt bin, wird meine Umgebung unweigerlich mitgeprägt.

Alex, der Systematiker, meldet sich. Wir hätten eine Antwort gegeben, ohne vorher die Frage zu formulieren.

Für uns war die Frage klar.

Nein, das sei nicht Frage, sondern Thema. Frage wäre, warum und wohin die Welt verändert werden müsse.

Man muß es ihm lassen: Er überblickt die Dinge.

Jemand wirft ein paar Schlagwörter ins Gespräch. Aber wir sind uns nicht ganz sicher. Ist es unsere vorderste Aufgabe, Bäume zu erhalten? Nach einigem Hin und Her formuliert Alex wieder.

Wir stimmen ihm zu. Veränderte Welt, das sind Menschen, die Jesus Christus lieb haben. Veränderte Welt, das bedeutet, Gott hat etwas zu sagen. Was er sagt, ist Inhalt und Maß unseres Lebens.

„Schön“, meint Kathrin, „bleibt nur noch zu klären, wie es zu dieser Veränderung kommt. Wie macht man Menschen mit Jesus bekannt? Wie stellt man ihn dar?“

„Dein Leben redet mehr als deine Worte“, zitiert Peter.

Das ist Martin nicht genug. Stellung beziehen. Politik mitmachen. Kunst mitprägen. Die Stimme erheben. So wird die Welt verändert. Wann soll Petra dann ihren Beitrag liefern? Wenn die Kinder gerade mal schlafen? Sie greift Claudias Erklärung wieder auf. Bei sich selbst anfangen. In kleinen Schritten vorwärts gehen. Da sein, wo man ist. Bewußt sein. Das sei die Art, die Welt zu verändern.

Wie auch immer. Ich für meinen Teil bin im Moment für beide Methoden zu müde. Gähne demonstrativ. Wir hatten uns vorgenommen, nicht wieder bis Mitternacht zusammenzusitzen.

Durch die Nacht fahren. Den Tag vorüberziehen lassen. Müde, aber zufrieden sein.

Im Bett liegen und wissen, daß der nächste Morgen erst mal ausschlafen bedeutet.

Elke Stein*

Mein neues, schweres Leben

*Als ich schwanger wurde,
ließ mein Freund mich „sitzen"*

Eines Abends kam ich sehr spät aus dem Büro. Es regnete in Strömen, und natürlich hatte ich mal wieder keinen Schirm dabei. So flüchtete ich in den nächsten Hauseingang, um nicht völlig durchnäßt zu werden. Kurzentschlossen trat ich ein, als ich im Innern einen Chor singen hörte: „Alle dürfen Vater zu Gott sagen, die an Jesus den Retter glauben, weil er die Brücke ist zu Gott."

Dieses Lied weckte meine Neugierde, denn ich hatte meinen eigenen Vater nicht gekannt.

In der letzten Stuhlreihe war glücklicherweise noch ein Platz frei. So blieb ich sitzen, um dem Mann zuzuhören, der im Anschluß an das Lied nach vorne ging und aus seinem Leben erzählte.

So ganz verstand ich den Sinn seiner Worte nicht, aber eines stand fest: Dieser Mann war ausgeglichen und zufrieden, das konnte man seinem Verhalten abspüren. Wie ich ihn beneidete! Ich war verliebt und trotzdem viel unglücklicher als vorher, weil ich mich in eine Abhängigkeit hineinmanövriert hatte, die ich doch niemals wollte. Ich ging einem Beruf nach, der mir zwar Spaß machte, mich aber trotzdem nicht recht ausfüllte. Ich sparte eisern, um mir ein Auto zu kaufen, und wußte doch jetzt schon, daß auch dieses Auto mich nicht glücklicher machen würde. Und da

* Namen wurden von der Redaktion geändert.

vorne stand ein Mann, der davon erzählte, wie glücklich er sei, nun den Sinn des Lebens gefunden zu haben.

Konnte das wirklich wahr sein, oder saß ich hier nur einfach unter frommen Schwärmern?

„Sie sind schwanger, Frau Stein!"

Am nächsten Tag hatte ich einen Termin für eine Routineuntersuchung beim Frauenarzt. Nachdenklich sah Dr. Meiners mich an: „Wissen Sie eigentlich, daß Sie schwanger sind, Frau Stein?"

Mutlos sank ich auf den nächsten Stuhl und schluckte krampfhaft die aufsteigenden Tränen hinunter. Dr. Meiners versuchte mich zu trösten, doch ich verstand gar nicht, was er sagte. Ich nahm meine Tasche und verließ den Raum wie in Trance.

Die Trennung

Tim reagierte genau so, wie ich es erwartet hatte. Nach einem furchterregenden Wutanfall verließ er mich mit den Worten: „Ich habe kein Kind gewollt. Laß es abtreiben, sonst siehst du mich nie wieder."

Nein, das würde ich auf gar keinen Fall tun! Ich hatte in meinem Leben schon viel falsch gemacht, aber ich würde nicht töten, um meinen Freund zu halten!

Plötzlich war mir klar, was ich tun mußte. Ich würde zu dem Haus gehen, wo der Chor gesungen hatte, und dort mit jemandem reden.

Eine Frau mittleren Alters sprach mich an, als ich das Haus betrat, und ohne lange zu überlegen, erzählte ich ihr meine Geschichte. Wie gut es tat, mit jemandem zu sprechen, zu dem man Vertrauen haben konnte! Doch ich wußte, ich brauchte mehr, ich brauchte diesen Vater, von dem der Chor gesungen hatte und von dem auch Frau Klein jetzt sprach. Wie schön es war zu wissen, daß es jemand gab, der mich liebte und der sich um mich sorgte!

Der entscheidende Schritt
Es war schon längst dunkel geworden, als ich die Hände faltete und betete: „Vater im Himmel, ich will Dir ganz einfach sagen, daß ich jetzt Dein Kind sein will und daß Du mein Leben in die Hand nehmen sollst. Vergib mir doch all das, was ich in meinem Leben schon falschgemacht habe, und nimm mich so an, wie ich bin. Ich will es glauben, daß Du mir auch in meiner jetzigen Lage helfen kannst."

Mein neues, schweres Leben
Eines war klar: Mein neues Leben würde nicht leicht sein, und durch die Schwangerschaft kamen viele Probleme erst auf mich zu. Aber ich wollte es lernen zu vertrauen und zu glauben, daß der Vater im Himmel, der nun auch mein Vater war, mir immer helfen würde.

Gestern morgen ist mein kleiner Sohn auf die Welt gekommen. Ich werde ihm einen Namen geben, der die Liebe Gottes ausdrückt, denn im vergangenen halben Jahr habe ich immer wieder erfahren, wie gut es Gott mit mir meint.

Ludwig Wohlfahrt*

Hoffnung für alle

Ludwig W. war Alkoholiker. Erst nach vielen vergeblichen Entziehungsversuchen kam er von seiner Sucht los

Früher geschah es nicht so oft, daß ich eine Wirtschaft aufsuchte. Ganz selten trank ich mal ein kleines Bier oder einen Kognak nach Feierabend. Im Laufe der Jahre wurde das häufiger und schließlich regelmäßig. Es gehörte zu meinem Alltag. Ohne daß es mir bewußt gewesen wäre, war ich damals bereits abhängig vom Alkohol.

Nach den abendlichen Zechtouren war mir am nächsten Morgen speiübel, ich zitterte wie Espenlaub, kam ins Schwitzen, es befiel mich eine motorische Unruhe. Was war los mit mir?

Rasch hatte ich raus, daß eine Flasche Bier und ein Schluck Schnaps mich von diesem Unwohlsein befreiten. Ich hatte die Sache im Griff! Ich war wieder fit!

Um mein Zittern loszuwerden, trank ich auch tagsüber. Allmählich erahnte ich, daß meine Beziehung zum Alkohol krankhaft geworden war. Ich wurde öfter und für längere Zeit arbeitsunfähig geschrieben, ließ mich mal in dieses, mal in jenes Krankenhaus einweisen. Drehtürpatient!

Hin und wieder kamen in meinem völlig desolaten Zustand verwaschene religiöse Vorstellungen hoch.

* Name von der Redaktion geändert.

Ich ging in eine Kirche, stammelte ein Vaterunser und bat Gott um Hilfe. Hier war auch der einzige Ort, an dem ich es wagte, hilflos zu weinen. Ich war am Ende, Selbstmordgedanken kamen: Ich arbeitete genaue Pläne aus, um sie im nächsten Moment wieder zu verwerfen. Schließlich betrank ich mich doch wieder.

Eine schwere Entzündung der Bauchspeicheldrüse zwang mich zu völliger Alkoholabstinenz. Im Anschluß an den Krankenhausaufenthalt konnte ich durch die Vermittlung der christlichen Organisation „Blaues Kreuz" eine Entziehungskur antreten. Als ich wieder nach Hause zurückkam, fühlte ich mich von der Sucht befreit. Vom Hilfsangebot der Organisation, an einer Begegnungsgruppe teilzunehmen, hielt ich nicht viel. Ich wollte es alleine schaffen.

Es gelang mir, über Monate völlig ohne Alkohol zu leben. Doch dann fiel ich wieder um. Ich versuchte es wieder, probierte autogenes Training aus, wanderte viel und ging zum Schwimmen. Gymnastik zu Hause, Vitamine und teure Aufbaupräparate aus Apotheke und Reformhaus. Zweimal wöchentlich ließ ich mich von einer Heilpraktikerin behandeln. Auch sie konnte mir nicht helfen.

Die neue Hoffnung

In meiner Verzweiflung wandte ich mich mehrfach an eine Blaukreuz-Mitarbeiterin. Langsam entstand ein Gefühl des Vertrauens, und eine Hoffnung kam in mir hoch. Ich ahnte, daß mein Leben ohne Gott sinnlos gewesen war, daß nur der Weg zu Jesus Christus der richtige war.

Schließlich verpflichtete ich mich schriftlich, mit Gottes Hilfe keinen Alkohol mehr anzurühren. Mein Leben wurde mir neu geschenkt – wenn es auch nicht einfach ist. Jesus Christus hat mir dabei geholfen!

Regina Bladt

Ein Lichtstrahl aus Gottes neuer Welt

Das Alltagserlebnis einer Hausfrau

Es ist wieder einer jener Tage, an denen sie überhaupt nicht zur Besinnung kommen kann.

Gleich morgens, kurz vor halb acht, nach einem hastig eingenommenen Frühstück, fährt sie ihren Mann zur Arbeit, weil sie den Wagen zum Einkaufen braucht.

Kaum zu Hause, meldet sich ihr eineinhalbjähriger Sohn, der inzwischen aufgewacht ist und nach seiner Milchflasche verlangt. Während die Milch heiß wird, räumt sie den Frühstückstisch ab. Dann bringt sie dem Kleinen die Flasche, richtet das Schlafzimmer her und läßt anschließend für Thomas das Badewasser ein.

Der Kleine kommt gerade in die Trotzphase und macht nur Schwierigkeiten. Er schreit wie am Spieß, weil er sich nicht auf die Wickelkommode legen lassen will, wehrt sich mit Händen und Füßen dagegen, angezogen zu werden, und ist seiner Mutter ein paar Mal entwischt, bevor sie ihn endlich zum Frühstück in seinen Hochstuhl setzen kann.

Aber auch vom Frühstücken hat er eine andere Auffassung als sie, und es kostet einen erneuten Machtkampf, bis er schließlich einwilligt, sitzenzubleiben und hin und wieder vom Brot abzubeißen.

Das ist für sie nach zweieinhalb Stunden die erste Ruhepause.

Da ihre Uhr eine Minute nach zehn anzeigt, schaltet sie die Nachrichten ein. Der Sprecher verliest soeben die neueste Meldung, die das Giftgasunglück in Bhopal/Indien betrifft, und während er Zahlen nennt – mehr als 2000 Tote, über 200 000 Verletzte –, fällt ihr unwillkürlich die letzte Gemeindebibelstunde ein. „Gebet" hieß das große Thema. Kerninhalt des gestrigen Abends war die Aussage gewesen, daß Gebet Veränderungen schaffen, ja ganz entscheidende Umwälzungen bewirken kann. Einigen reichte dies nicht aus.

„Aber man darf dabei nicht stehenbleiben. Beten ist der Anfang, doch dann muß man etwas tun. Wir als Christen sind dazu aufgerufen, die Welt in Bewegung zu setzen und zu verändern."

Auf die Frage, woran sie konkret dachten, antworteten sie: „Die soziale Ungerechtigkeit, die Zerstörung der Umwelt, das Wettrüsten ..."

Es war zu spät gewesen, um noch weiter auf das Problem einzugehen, doch als sie sich jetzt wieder daran erinnert und gleichzeitig die Schreckensnachrichten aus Indien vernimmt, fragt sie sich, was sie wohl in dieser Welt verändern kann: sie, eine sechsundzwanzigjährige Hausfrau und Mutter, eingespannt in die banale Arbeit ihres Alltags, in einem kleinen, eng begrenzten und festgesetzten Rahmen, der sich nicht sprengen läßt.

Was kann sie schon unternehmen, damit sich solche Unglücksfälle nicht wiederholen, wenn sie täglich mit Wickeln, Kochen, Waschen und Saubermachen beschäftigt ist? Welche Möglichkeiten hat sie denn? Die Hungerkatastrophe in Äthiopien, die atomare Bedrohung, die Arbeitslosigkeit, die steigende Jugendkriminalität – was hat ihr kleines, so alltägliches Leben damit zu tun?

Als Christ die Welt verändern? Das mag für solche

in Betracht kommen, die Macht und Einfluß und Zugang zu dieser Welt besitzen, aber sie ...

Weiter kommt sie nicht mit ihren Gedanken, denn in dem Moment gibt es neben ihr einen lauten Bums, und gleich darauf brüllt Thomas los. Er hat bemerkt, daß seine Mutter nicht mehr auf ihn achtet, sich erfolgreich bemüht, aus seinem Stuhl zu klettern, und ist dann doch abgestürzt; nun liegt er am Boden und schreit.

„Das hast du nun davon!“ schimpft sie ärgerlich und resigniert zugleich mit sich selbst, während sie ihren Sohn tröstet.

„Das darfst du dir eben nicht leisten, dazusitzen und nachzudenken, jetzt weint dein Kind, und spät ist es auch, du hättest schon längst etwas tun können ...“

Nachdem sie das Radio ausgeschaltet hat, erledigt sie einige dringende Arbeiten im Haushalt, wobei ihr Thomas dauernd zwischen die Beine kommt, dann fährt sie mit ihm zum nächsten Supermarkt.

Wie immer an einem Freitagvormittag herrscht großes Gedränge in den Gängen und an den Kassen. Sie steht zwischen fremden Menschen, mit denen sie nichts zu tun hat, paßt auf, daß Thomas keinen Unsinn treibt, und beobachtet ungeduldig, wie die alte Frau vor ihr mit zitternden Händen die Waren aus dem Einkaufswagen nimmt und auf das Band legt.

„Hier, das haben Sie noch vergessen“, sagt sie und stellt eine übriggebliebene Milchtüte zu den anderen Dingen.

„Ach, vielen Dank, wissen Sie, ich sehe so schlecht, das Einkaufen macht mir immer mehr Mühe, aber ich habe keinen, der mir dabei hilft ...“

Sie hört nur mit halbem Ohr zu, lächelt mechanisch und ist froh, als sie endlich an die Reihe kommt. Während sie die Lebensmittel in der Einkaufstasche verstaut, sieht sie, wie die alte Frau schwerbeladen das Geschäft verläßt und draußen ihre Tüten dauernd absetzen muß. Aber schon zwei Minuten später hat sie dieses Bild vergessen.

Sie hat auch noch so viel zu tun.

Zu Hause angekommen, schleppt sie Kind und Taschen ächzend in den fünften Stock – der Fahrstuhl hängt mal wieder ganz oben –, danach packt sie aus, macht Essen für Thomas und füttert ihn. Nachdem sie ihn gewickelt hat, steckt sie ihn mit seiner Teeflasche ins Bett. Er ist müde genug, daß er sich nicht dagegen wehrt.

Dann bereitet sie sich selbst einen kleinen Imbiß und sinkt müde auf den nächsten Stuhl. Eine Pause hat sie jetzt wohl verdient.

Da klingelt das Telefon.

Sie fährt hoch. Wer mag das sein? Ihr Mann ruft normalerweise immer erst nach eins an, weil er weiß, wie erschöpft sie oft ist, wenn sie Thomas ins Bett gebracht hat, und daß sie dann etwas Zeit braucht, um wieder Kraft zu sammeln. Als sie sich meldet, hört sie aber doch seine Stimme.

„Entschuldige bitte, daß ich jetzt schon anrufe, aber für die Mittagspause ist plötzlich eine Besprechung angesetzt worden, da muß ich leider hin ... Du hattest bestimmt wieder einen anstrengenden Vormittag?"

„Ach, und wie!" Sie erzählt ausführlich von sich und fragt schließlich: „Und du? Wie geht es dir?"

„Nicht so gut."

Erst jetzt fällt ihr auf, wie unfroh seine Stimme klingt; das ist nicht nur Müdigkeit, sie kennt ihn doch – er scheint ziemlich bedrückt zu sein.

„Was ist los mit dir?" fragt sie. „Hattest du Ärger mit dem Chef? Oder mit einem Kollegen?"

„Ärger schon, aber nicht mit Kollegen, sondern mit unserem Lehrling. – Ich weiß gar nicht, was ich da machen soll." Er spricht plötzlich hastig und überstürzt, als könnte jeden Moment jemand in sein Zimmer kommen, der nicht zuhören darf. „Deshalb hab' ich auch schon so früh angerufen, weil ich unbedingt mit dir reden wollte ... Ich habe den Jungen beim Klauen erwischt, er nahm gerade Geld aus der Handtasche einer Sekretärin, kein andrer hat das gesehen, keiner weiß bisher davon ... Was nun? Wenn der Chef das erfährt, fliegt der Bursche, und wo kriegt er dann noch eine Lehrstelle her? Andererseits: Kann ich denn so etwas verschweigen? Muß ich nicht den Chef informieren? Mache ich mich nicht mitschuldig, wenn ich nichts erzähle? – Er kommt aus sehr schwierigen Verhältnissen", setzt er hinzu, „die meisten hier mögen ihn nicht. Wenn er wenigstens versprechen würde, das nicht noch einmal zu tun! Aber er steht vor mir und macht nicht ein einziges Mal seinen Mund auf, ich komm' überhaupt nicht an ihn heran! Was soll ich bloß tun?"

Einen Augenblick herrscht Stille am Telefon, dann erwidert sie mit klarer Stimme: „Unternimm erst mal gar nichts. Sag dem Jungen, du behältst es dir vor, ob du es dem Chef meldest oder nicht, aber warte vorläufig damit. Heute abend können wir dann ausführlich beraten; irgendein Weg findet sich bestimmt."

Ihre Ruhe scheint ihm wohlzutun, sie spürt förmlich durch das Telefon, wie er sich entspannt, wie die Nervosität von ihm abfällt. „Ja, das ist ein guter Gedanke, so machen wir das. Vielen Dank, Liebes, jetzt geht es mir schon viel besser, eben war ich irgendwie total am Ende."

Als sie gleich danach auflegt und zum Tisch zurückgeht, fällt ihr ein, wie er sich in den wenigen Minuten verändert hat: Zu Beginn war er so deprimiert, aber das kurze Gespräch zwischen ihnen hat ausgereicht, um ihm neuen Mut zu geben ...

Sie bleibt plötzlich stehen.

Ist es nicht das? Fängt es nicht damit an? Was bedeutet es denn wirklich, als Christ die Welt zu verändern? Gilt diese Forderung tatsächlich nur großen Menschen in herausragenden Positionen, denen Zeit, Einfluß und Macht zur Verfügung stehen? Muß es nicht vielmehr in dem kleinen Alltag beginnen, in den Gott einen hineingestellt hat? Dem Ehepartner zu helfen, wenn er selbst hoffnungs- und mutlos ist. Das Kind zu trösten, wenn es Kummer hat. Vielleicht auch, eine alte Frau beim Einkaufen zu unterstützen und ihr zuzuhören, wenn sie von ihren Sorgen erzählt ...

Es wäre nur ein winziges Stück Welt, eine kaum spürbare Veränderung ...

Aber ein Lichtstrahl aus Gottes neuer Welt.

Marta Bergheim

Amrie

Ein Kind vertraut auf Gott und verändert seine Umwelt

Das kleine Mädchen geht mit festen Schritten auf das große Kirchenportal zu, streckt sich nach der Klinke und stemmt sich mit seinem ganzen Gewicht gegen die schwere Tür. Aber die gibt nicht nach. Die Kleine versucht es noch einmal mit der ganzen Energie ihrer kleinen Person – vergeblich.

Ratlos steht sie da, mit hängenden Schultern, in der Hand ein winziges Päckchen.

„Da ist zu, Amrie!" Der Junge, der auf dem Platz mit seinem Ball gegen eine Mauer kickt, hat sie aus den Augenwinkeln beobachtet. „Was willst du denn in der Kirche? Es ist doch kein Sonntag!"

Sie erkennt den Schulkameraden: „Ich muß aber da rein, Jens! Ich muß was abgeben!"

„Abgeben?" wundert sich Jens, „da wohnt doch niemand."

„Doch, da wohnt jemand", die dunklen Augen blitzen den Jungen an, der herbeigekommen ist. „Meine Oma Maria hat gesagt, das ist Gottes Haus. Wenn man ein Haus hat, wohnt man auch da."

Ihre Argumentation ist so bestimmt, daß es Jens die Sprache verschlägt. Als gerade in diesem Moment im Innern der Kirche Orgelmusik einsetzt, meint er etwas bestürzt: „Vielleicht gibt es noch eine Hintertüre?"

Die kleine Seitentür finden die Kinder ohne viel Mühe, und sie läßt sich auch leicht öffnen. Die Orgeltöne erfüllen den hohen Raum. Gerade als sie eintreten, bricht die Musik ab. Mit den gewohnt festen Schritten geht Amrie auf die nächste Bank zu und legt das Päckchen auf die Gesangbuchablage.

„Ich hab's dir hier vorne hingelegt, Herr Jesus", ruft die helle Kinderstimme in die Stille hinein.

„In Ordnung", antwortet eine Männerstimme von der Empore her, und schon setzt wieder das kraftvolle Orgelspiel ein.

Als die beiden draußen sind, schaut Jens mit gemischten Gefühlen auf seine Begleiterin. Was ist das für eine geheimnisvolle Sache? Wenigstens will er wissen, was sie da eingepackt hingelegt hat!

Nun, Amrie macht kein Geheimnis daraus. Eine Kassette sei es. – Ja, was sollte denn das?

„Wir brauchen zu Hause ganz unbedingt jemand, der uns hilft. Weißt du, wir haben zwei kleine Buben bekommen. Die waren so winzig, daß sie noch in der Klinik bleiben mußten, als Mami heim durfte. Die Mami ist aber vor vier Wochen ganz plötzlich gestorben. Jetzt hat die Klinik dem Papa gesagt, wir sollen die Buben nächste Woche abholen. Die Oma Maria ist auch gestorben, gerade als die Rosen zu blühen anfingen. Die Oma Anny hat ein Geschäft, die verkauft Klaviere und Flöten und solche Sachen, die kann nicht kommen."

Die dunklen Kinderaugen der Grundschülerin schauen den Neunjährigen eindringlich an: „Das alles habe ich dem Herrn Jesus auf der Kassette erzählt. Er soll uns bitte jemand schicken, der uns helfen kann."

So etwas gibt es? Jens verschlägt es fast die Sprache. Er traut sich aber nicht, seine Zweifel unverblümt zu äußern, sondern sagt nur: „Dann hat der aber viel zu tun, wenn er jedem seine Wünsche erfüllen will."

„Die Oma Maria hat gesagt, in Gottes Buch steht: ‚Alle eure Sorgen werfet auf Ihn, Er sorgt für euch.' Was in Gottes Buch steht, ist wahr. Die Oma Maria lügt nicht."

Nun äußert Jens seine Zweifel doch massiver: „Du kennst doch den Klingel-Mani, der gestern in der Pause im Schulhof gefragt hat, wer sein Brot nicht mehr will? Wenn der jetzt auch in die Kirche geht und eine neue Hose für seine alte haben will?"

Amrie weiß etwas dagegenzusetzen: „Ich hab' gehört, wie der alte Herr Banz ihn gefragt hat, ob er am nächsten Tag mitkäme zum Supermarkt, die Einkaufstaschen wären so schwer, da könnte er ihm tragen helfen. Weißt du, was der Mani gesagt hat? ‚Nee, nee, Herr Banz, dazu hab' ich keine Lust. Da suchen Sie sich mal jemand anderes.' Meinst du, Jens, das macht der Herr Jesus mit?"

Jens scheint das gelten zu lassen, aber Amrie ist so in Fahrt, daß sie gleich weiterredet: „Ich sag' ja nicht, ‚Herr Jesus, mach mir die Schulaufgaben.' Das muß ich selber machen. Ich will doch dem Herrn Jesus gehorsam sein."

Jens behagt diese Einstellung wirklich nicht. Gehorsam – dieses Wort steht nicht hoch im Kurs bei ihm. Als er ihr das sagt, meint sie: „Wenn ich jemanden richtig lieb habe, dann höre ich gerne auf ihn. Ich mache ihm gerne Freude. Er schikaniert mich doch nicht."

Jens schaut ganz nachdenklich. So ein ungewöhnliches Mädchen. „Sag mir dann, wie die Sache ausgeht!" verabschiedet er sich.

„Was liegt denn da für eine Kassette, Vater?" fragt die Buchhändlerin Renate, als sie den Abendbrottisch deckt. „Ich weiß nicht, Renate", antwortet Herr Wesos. „Ich war in der Lukaskirche zum Orgelüben, da ruft eine Kinderstimme in eine Spielpause hinein: ‚Ich hab's dir da hingelegt, Herr Wesos.' Ich war so vertieft, daß ich ganz mechanisch ‚In Ordnung' geantwortet habe. Dann fand ich nachher das Päckchen. Sei so gut, hör dir mal an, was es ist, ich muß zur Chorprobe."

Renate hört ganz betroffen, was Amrie auf dieser Kassette zu erzählen hat. Betroffen von dem Leid, das so ganz einfach erzählt wird, betroffen von dem unbedingten Vertrauen, das das Kind bei seiner Großmutter erlebt hat und nun seinerseits dem Herrn Jesus entgegenbringt. Betroffen aber auch von der Frage: Könnte das die Antwort sein auf *ihr* Gebet, ihr Fragen?

Die Buchhandlung, in der sie arbeitete, wechselt zum 1. Oktober den Besitzer. Die neue Inhaberin kann die Arbeit gut mit ihrer Tochter zusammen erledigen.

Es ist später Nachmittag, als der Chef nach ihr ruft: „Renate, bitte bringen Sie doch Frau Meller mit ihrem 25bändigen Lexikon nach Hause. Sie können anschließend Feierabend machen."

Die Kundin bedauert wortreich, daß sie solche Umstände mache, aber dieses vorteilhafte Angebot wolle sie sich nicht entgehen lassen. Ihr Wagen sei in der Werkstatt. Renate lacht: „Ich hab' doch den Vorteil! Ein bißchen früher Feierabend zu haben, lasse ich mir gern gefallen. Sagen Sie mir nur Ihre Adresse."

„Am Weingarten 14 wohne ich", ist die Auskunft. Renate versetzt es einen kleinen Schlag. Wie hatte die Kinderstimme gesagt? „Annemarie Klaren, Am Weingarten 12."

Sie braucht ihre ganze Selbstbeherrschung, um sich auf den Verkehr zu konzentrieren, zumal sich gerade ein Gewitter mit einem tüchtigen Regen verabschiedet.

Dann steht der Wagen vor der Einfahrt, und Renate trägt die Lexikonbände ins Haus. Trotz des Regens kann sie sich den Blick auf das Nachbarhaus nicht versagen. Als sie zurückkommt, sieht sie ein kleines, dunkelhaariges Mädchen mit einem bunten Regenschirm, den eine Böe gerade zum Spielen benutzen will.

„Ach, Frau Meller, der Papa hat telefoniert ..." Das Kind erkennt seinen Irrtum und bricht ab: „Sie sind ja gar nicht Frau Meller!"

„Ich bin Renate", sagt Renate freundlich, und weil sie die Enttäuschung aus Stimme und Miene des Kindes herausspürt, fragt sie: „Kann ich dir helfen? Ich habe Frau Meller Bücher gebracht, weil ihr Wagen in der Werkstatt ist."

„Oh – dann, dann kann Frau Meller mich ja gar nicht fahren!" Ratlosigkeit zeichnet das kleine Gesicht. Irgend etwas rührt Renate – sie weiß selbst nicht, was –, und spontan sagt sie: „Wie heißt du denn?"

Amrie stellt sich vor und wundert sich, weil die fremde Frau sie so seltsam anschaut.

Auf jeden Fall sind die beiden zwei Minuten später zusammen unterwegs zum Supermarkt. Papa wollte eigentlich mit Amrie zusammen einkaufen. Aber dann kam der Geschäftsbesuch aus Finnland. Und jetzt ist überhaupt nichts Eßbares mehr im Kühlschrank.

Und noch etwas Schlimmes: „Ich hab' auch kein Geld, Renate!"

Renate beginnt, die Sache schön zu finden: „Hauptsache, du weißt, was wir einkaufen müssen!"

Vor diesen geballten Schwierigkeiten kann man das Kind doch nicht alleine lassen!

Amrie meldet den Warenbedarf so prompt und vollständig, daß Renate anerkennend sagt: „Du bist aber tüchtig! Eine richtige kleine Hausfrau!"

Amries Stimme klingt ganz kläglich: „Ach nein, Renate!" Ihr Zutrauen zu der hilfsbereiten jungen Frau ist so groß, daß ihr das Du über die Lippen kommt, ohne daß es ihr auffällt. „Weißt du, ich wünsche mir so sehr, daß jemand zu uns kommt! Es ist so kalt bei uns, auch wenn die Heizung läuft, so leer. Die Mami ist jetzt schon vier Wochen nicht mehr da. Wenn der Papa mich mittags heimbringt, wenn wir in der ‚Linde' gegessen haben, bin ich so allein. Die Frau Berg kommt ja zum Saubermachen, und ich mache, bis Vati kommt, meine Schularbeiten. Das ist auch *noch* nicht das Schlimmste. Aber die Klinik hat angerufen, wir sollen unsere Buben abholen, sie sind nun groß genug.

Ach, Renate, und darum müssen wir Hilfe haben. Ich hab' es dem Herrn Jesus gesagt, sogar auf eine Kassette habe ich es nochmal gesagt und extra in sein Haus getragen. Der Jens sagt, der Herr Jesus kann die Bitten von so vielen Menschen nicht erfüllen. Aber die Oma Maria hat doch gesagt, echte Bitten hört der Herr Jesus. Sie hat gesagt: ‚Er hört keine Faulheitsbitten und keine Hochmutsbitten, aber echte.' Das hat er versprochen. In seinem Buch steht es doch. Die Oma hat's mir doch vorgelesen."

Ein Schluchzen versteckt sich in der Stimme.

Renate parkt ein und dreht sich ganz erschüttert nach der Kleinen um, legt den Arm um sie: „Liebes, der Herr Jesus ist gerade dabei, jemanden zu suchen, der euch helfen kann." Und nach einer Pause: „Eine solche Oma hätte ich heute auch gern, um sie etwas zu fragen."

Amrie kuschelt sich in den warmen Arm und sagt: „Oma war so lieb. Ich war oft bei ihr, wenn Mama krank war. Sie hat mir die Bibelgeschichten erzählt. Die dicke Bibel mit den Bildern hat sie mir geschenkt. Ehe die Buben kamen, hat Mama viel liegen müssen. Da haben wir zusammen die Bilder angeschaut. Ich habe Mama alles erzählt."

Ganz versonnen klingt ihre Stimme. Vorsichtig fragt Renate: „Liest du mit Papa auch in der Bibel?"

„Er hat so wenig Zeit, er arbeitet immer noch zu Hause fürs Geschäft. Ich habe ihm von der Kassette erzählt. Da hat er gesagt: ‚Wenn er dir hilft, dann will ich ihn bitten, auch mir zu helfen.'"

„Was meinst du, Amrie, ob der Herr Jesus mir auch helfen kann bei einer Arbeit, die ich noch nie getan habe, die aber gleich ganz richtig gelingen muß?" wagt Renate zu fragen.

Eine Weile ist es ganz still, dann kommt die junge Stimme: „Oma hat mir einmal von dem König David erzählt. Der war ein Schafhirte und ist ein ganz, ganz guter König geworden, weil Gott ihn dazu gemacht hat. Meinst du nicht, Gott kann das heute noch genauso?"

Renate streicht ihr über das dunkle Haar. „Danke, Amrie, danke! Damit hast du mir sehr geholfen."

Als Renate am nächsten Tag das Schaufenster dekoriert, hört sie draußen von einer frohen Kinderstimme ihren Namen rufen, und dann sieht sie Amrie an der Hand ihres Vaters. Die Freude der Kleinen und ihre Vertrautheit läßt nicht die geringste Verlegenheit bei den Erwachsenen aufkommen, als man nach Dienstschluß gemeinsam in der „Linde" zu Abend ißt. Die kleinen Ohren hören sehr aufmerksam zu, verstehen aber doch nicht so seltsame Worte wie „Notoperation" und „Embolie".

Dann sorgt sie doch noch für eine ganz große Verlegenheit – oder sollte man es besser Gelegenheit nennen?

„Renate", ruft sie unvermittelt, „kann man bei dir im Laden nur Bücher kaufen?"

„Zeitschriften kannst du auch bekommen und schöne Karten und solche Sachen", erklärt Renate freundlich.

„Aber die Renate, die kann man nicht kaufen, oder?" will Amrie wissen.

Der Vater schaut seine Tochter ganz entsetzt an. „Mädel, Menschen sind doch keine Ware! Wie kannst du so etwas sagen!"

„Ach Papa, jede andere Frau kann doch auch Bücher verkaufen, aber wenn die Renate zu uns käme... Papa, wir könnten sie doch so notwendig gebrauchen!"

Papa wendet sich Renate zu, will sich entschuldigen. Renate ist dunkelrot geworden, dann aber nimmt sie ihren ganzen Mut zusammen und sagt zu Amrie: „Kaufen kann man die Renate nicht, Amrie, aber fragen kann man sie ruhig einmal. Sie hat zwar keine Lehre als Familienmutter hinter sich, aber wenn man ein wenig Geduld mit ihr hat und ihr ein bißchen hilft – ich könnte mir denken, daß es dann ginge."

Amrie strahlt, schnell sitzt sie auf Papas Schoß, legt ihm die Arme um den Nacken und sagt: „Oh, Papa, frag sie, frag sie schnell! Siehst du, der Herr Jesus hat mich gehört."

Ulrike Zellmer-Wettach

Eislawine

Die Absage einer geplanten Skitour rettet Martin das Leben

Martin sieht die Linie 3 um die Ecke biegen und setzt sich in Trab. Im letzten Augenblick springt er auf das Trittbrett der vollbesetzten Straßenbahn, schiebt sich an einer beleibten Dame vorbei und bekommt gerade in dem Moment die Haltestange zu fassen, als die Bahn mit einem Ruck anfährt.

Als hätte er heute nicht schon genug gestanden! Auf dem Weihnachtsmarkt hat er Kunstgewerbe aus Lateinamerika verkauft, Tee aus Sri Lanka, Kaffee aus Nicaragua, Bücher aus verschiedenen Ländern der Dritten Welt. Kaffee und Tee gingen am besten. Sie waren nicht allzu teuer, und die Leute konnten ein klein wenig ihr Gewissen besänftigen, das alljährlich pünktlich zu Weihnachten aus dem Schlummer zu erwachen scheint.

„Warum müßt ihr euch an diesem Rummel beteiligen?" hatte er Kirstin gefragt.

„Die Menschen müssen informiert werden! Wir kommen da an Leute ran, die nie den Laden betreten würden."

Kirstin und ihr Optimismus. Informationen! An den Informationsbroschüren (die es umsonst gab) waren die Leute wenig interessiert gewesen.

„Gehen Sie doch zur Seite, Sie versperren den ganzen Durchgang!"

Martin blickt in das verdrießliche Gesicht eines älteren Herrn. Er drückt sich an die Stange und läßt ein Menschenknäuel an sich vorbei.

Eingezwängt in einer muffigen Straßenbahn! Jens und Andy saßen jetzt vermutlich bei einem zünftigen Abendbrot in der Hütte. Vor ein paar Tagen hatte auch Martin sich noch auf das Skiwochenende mit den beiden gefreut. Doch dann war Kirstin dazwischengekommen. „Martin, Ulla hat Grippe, Wolfgang fällt aus – wir schaffen's nicht allein in dem Trubel. Kannst du nicht mal einspringen – bitte!"

„Nein, wo denkst du hin, ich brauch' mein freies Wochenende!" hatte er sie anfahren wollen. Die hatte gut reden – Studentin! „Na gut. Ich komme – ausnahmsweise", hörte er sich statt dessen sagen. Kirstin hatte ihn angestrahlt.

Er tat ihr Unrecht. Sie mußte für ihr Vordiplom hart arbeiten, kellnerte ab und zu in einem Café, um ihr Bafög aufzubessern, und engagierte sich noch zusätzlich im Dritte-Welt-Laden und in einer kirchlichen Gruppe.

„Was lädst du dir soviel auf – noch dazu jetzt vor den Prüfungen? Kannst du nicht mal etwas kürzer treten?" hatte er ihr vor kurzem vorgehalten.

„Ich will mein Leben ganz einsetzen", war ihre Antwort gewesen. Martin meinte, sie täte besser daran, ihre freie Zeit für ihn, für sie beide, einzusetzen, statt für andere.

„Man kann nicht nur für sich selbst leben", hatte sie entgegnet.

Im Grunde bewunderte er sie. Ihr Leben war eine Einheit. Ja, so könnte man es ausdrücken. Ihr Studium, ihre Gruppen, ihre Unternehmungen mit ihm, ja selbst ihre Arbeit im Café – sie nahm alles gleich ernst, sie erfüllte alles mit Leben. Für ihn begann das Leben erst nach Feierabend, am Wochenende, im Urlaub.

Er hatte Kirstin vor einigen Monaten in einer Studentenkneipe kennengelernt. Die halbe Nacht waren sie in ein Gespräch vertieft gewesen. Kein akademisch-distanziertes Gespräch, wie er es oft mit seinen Freunden führte. Kirstin war von allem betroffen, innerlich beteiligt. Der Unterschied zwischen ihnen bestand darin, daß sie versuchte, ihre Erkenntnisse in die Tat umzusetzen, während er sich mit theoretischen Wortgefechten begnügte. „Begreifst du aber, wieviel andächtig schwärmen leichter als gut handeln ist?" hatte sie ihm einmal in einem Brief geschrieben. Lessing, Nathan der Weise. Manchmal fragte er sich allen Ernstes, was er ihr bedeuten konnte.

„Lindenplatz", unterbricht die Stimme des Schaffners seine Gedanken. Er bahnt sich einen Weg zum Ausgang und ist mit einem Sprung auf der Straße. Draußen hat es mittlerweile zu regnen begonnen. Martin stellt den Kragen seiner Jacke auf, zieht den Kopf zwischen die Schultern. Mit weitausholenden Schritten geht er ein Stück in Richtung der weiterfahrenden Bahn, biegt in die erste Querstraße ein. Im vierten Haus auf der rechten Seite hat er eine Dreizimmerwohnung.

Martin setzt als erstes Teewasser auf, geht dann ins warme Badezimmer, vertauscht seine nassen Sachen mit einem Trainingsanzug und reibt sich die Haare trocken. Kirstin mußte noch an einer Versammlung im Laden teilnehmen. Und er hatte geglaubt, daß sie – sozusagen als Belohnung – den Abend mit ihm verbringen würde.

„Vielleicht komm' ich noch mal vorbei, wenn's nicht allzu spät wird. Aber warte nicht auf mich", hatte sie ihn verabschiedet. Das sah ihr ähnlich!

Das durchdringende Pfeifen des Kessels läßt Martin zusammenzucken. Mit einem Satz ist er in der Küche. In einer großen Tasse läßt er zwei Teebeutel ziehen, gibt zwei Teelöffel Zucker und einen Schuß Rum dazu, holt Wurst und Butter aus dem Kühlschrank, Brot aus dem Kasten, trägt alles auf einem Tablett ins Wohnzimmer und schaltet den Fernseher an. Er läßt sich in einen Sessel fallen, balanciert vorsichtig die heiße, volle Tasse zu sich heran, lehnt sich behaglich zurück und nippt genießerisch den kochendheißen Tee, bis ihn wohlige Wärme durchströmt. Er richtet sich auf, stellt die Tasse auf den Tisch zurück, greift nach dem Brot, hält mitten in der Bewegung inne und läßt die Hand sinken. Er starrt auf den Bildschirm. Die Szene kommt ihm seltsam bekannt vor. „... forderte fünf Todesopfer. Sieben weitere Skifahrer werden noch vermißt."

Es besteht kein Zweifel. Das ist das kleine Bergdorf, in dem Martin und seine Freunde ihren Skiurlaub verbringen wollten. Ein Stück außerhalb steht die Hütte, „ihre" Hütte, in der in diesem Augenblick Jens und Andy sitzen.

„... unter den Todesopfern befinden sich auch vier deutsche Urlauber. Nach den Vermißten wird fieberhaft gesucht. Es besteht weiterhin Lawinengefahr."

Ein Lawinenunglück. Andy und Jens wollten Tiefschnee fahren... Aber es gibt dort Hunderte von deutschen Urlaubern. Da werden doch nicht gerade sie... Jens. Jens hat eine Dachwohnung im Haus seiner Eltern. Mit einem Satz ist Martin am Telefon.

„Siebers."

„Hier Baumeister. Martin Baumeister. Ich hab' eben in den Nachrichten gehört..." Unterdrücktes Schluchzen am anderen Ende.

„Mein Gott! Frau Siebers, ich..."

„Bitte schweigen Sie. Sagen Sie nichts!"

Das Freizeichen ertönt. Langsam legt auch Martin den Hörer auf die Gabel und sinkt in den nächsten Sessel. Tot. Jens ist tot. Und Andy. Ja – auch Andy. Denn sie fuhren immer zusammen.

Martin stützt die Ellbogen auf die Knie und vergräbt das Gesicht in den Händen. Andy und Jens. Von donnernden, eisigen Schneemassen mitgerissen und erschlagen. Es ist unfaßbar. Unvorstellbar. Martin sieht die Freunde die steile Piste hinunterschwingen, lachend durch stiebenden Neuschnee preschen. Unbekümmert. Nichtsahnend. Wieviel Zeit war ihnen geblieben von dem Augenblick, da sie die Gefahr erkannten, bis zu dem Moment, wo sie die Ausweglosigkeit ihrer Lage begriffen?

Und wenn auch ich...? durchfährt es Martin. Wenn ich nicht wegen Kirstin dageblieben wäre? Ihm wird heiß.

„Heute wird man dein Leben von dir fordern." Wo hatte er diesen Satz gehört? Ein Gottesdienst. Er war mit Kirstin in der Kirche gewesen. In der Predigt war dieser Satz immer wieder gefallen. Martin versucht, sich zu erinnern, einen Zusammenhang herzustellen. Da war es um einen gegangen, der sich in Sicherheit wiegte. Zu dem sagte Gott: „Heute wird man dein Leben von dir fordern." Heute. Morgen. Nächstes Jahr. Jederzeit und an allen Orten lauert der Tod. Das Ende, mit dem niemand rechnet. Nicht so.

Martin zittert. Seine Handflächen sind schweißnaß.

„Der das Leben gibt, kann es sich jederzeit wieder abfordern." Jener andere hatte sich Reichtum gesammelt, um damit sein Leben abzusichern, erinnert sich Martin. Er selbst ist nicht reich, gewiß nicht. Aber er versteht, sich das Leben angenehm zu machen. Und darauf ist im Grunde sein ganzes Denken und Handeln gerichtet.

„Heute wird man dein Leben von dir fordern." Diese Möglichkeit hat er nicht bedacht. Nicht dieses „Heute". Worin besteht sein Leben? Was ist sein Ziel? Sich selbst, Martin Baumeister, das größtmögliche

Vergnügen zu bereiten. Er spürt, daß das nicht genügt, daß er dem, der das Leben fordern kann, mit leeren Händen gegenüberträte. Das, woran er sich hier hängt, könnte er nicht hinüberretten, es würde auch dort nichts gelten.

Der schrille Ton der Klingel läßt ihn zusammenfahren. Schwerfällig hievt er sich aus dem Sessel und geht an die Tür.

„Martin!" Kirstin sieht ihn an wie einen Geist.

„Jens und Andy – tot. Eine Lawine", bringt Martin tonlos hervor.

Kirstin läßt ihre Tasche fallen und schließt die Arme um ihn. Sie hält ihn fest, ganz fest, während trockenes Schluchzen seinen Körper schüttelt.

„Aber du bist davongekommen", sagt sie. Davongekommen? Nein, denkt Martin. Nicht davongekommen. Gott hat mir heute das Leben geschenkt. Und endlich kann er weinen, wie er das letzte Mal als kleiner Junge geweint hat.

Brunnen Taschenbücher